Magnus Jocham

Daniel Bonifacius von Haneberg, Bischof von Speyer

Magnus Jocham

Daniel Bonifacius von Haneberg, Bischof von Speyer

ISBN/EAN: 9783743335882

Hergestellt in Europa, USA, Kanada, Australien, Japan

Cover: Foto ©Raphael Reischuk / pixelio.de

Manufactured and distributed by brebook publishing software (www.brebook.com)

Magnus Jocham

Daniel Bonifacius von Haneberg, Bischof von Speyer

Deutschlands Episcopat
in Lebensbildern.

III. Band. II. Heft.   Ganze Sammlung XIV. Heft.

Daniel
Bonifacius v. Haneberg,

Bischof von Speyer.

Im Umrisse gezeichnet

von

Dr. Magnus Jocham.

Würzburg 1874.

Leo Woerl'sche Buch- und kirchl. Kunstverlagshandlung.

Inhalt.

	Seite
Vorwort	51
I. Heimat, Jugendzeit und Gymnasium	53
II. Universität und Alumnat	59
III. Lehrthätigkeit und Seelsorge	65
IV. Häusliches und Staatliches	71
V. Der Eintritt ins Kloster und das Klosterleben	75
VI. Verschiedene Arbeiten und Unternehmungen	80
VII. Versuche zur Entfernung des Abtes aus dem Kloster. Das vaticanische Concil	90
VIII. Der Bischof von Speyer	95
Verzeichniß der vom H.H. Bischof herausgegebenen Werke	107

(Uebersetzungsrecht vorbehalten.)

Vorwort.

Das Unternehmen der Woerl'schen Buchhandlung, „Deutschlands Episcopat in Lebensbildern" darzustellen, hat wohl zunächst den Zweck, dem katholischen Volke die Männer vor Augen zu stellen, welche der heilige Geist aufgestellt hat, die Kirche Gottes in Deutschland unter der Oberleitung des obersten Hirten und Bischofes unserer Seelen, Jesus Christus, und in Vereinigung mit seinem Stellvertreter, dem römischen Papste zu regieren.

Es kann sich hier nicht um die Verherrlichung sterblicher Menschen handeln, sondern einzig um die Förderung der Ehre unsers Herrn und Erlösers, der hochgepriesen sei in Ewigkeit.

Was aber dieser Herr und Heiland an diesen seinen Dienern, die an und für sich nur schwache Werkzeuge seiner Macht und Gnade sind, gewirkt hat und wirkt, das soll dienen zur Verherrlichung seines Namens, und soll zu diesem Zwecke auch kundgegeben werden.

Die nachstehende Zeichnung will außerdem noch zeigen, was ein Mann, dem der Herr vortreffliche Talente und Geisteskraft verliehen, durch treue Verwendung derselben zu leisten im Stande ist, wie ein Diener Gottes selbst durch Vereitlung der großartigsten und einzig das Heil der armen Mitmenschen erzielenden Pläne nicht muthlos gemacht wird, wie alles Widerwärtige, das über ihn kommt, nur dazu dienen muß, ihn selbst zu läutern und zu fördern und seine Wirksamkeit segensreich zu machen. Weil das Ende noch nicht erreicht ist und weil Alles nur zur Verherrlichung Gottes dienen soll, darum ward nach Möglichkeit Alles vermieden, was dem Rühmen eines Sterblichen gleich sehen könnte.

Die ähnliche Talente vom Herrn erlangt haben, dürften durch den Einblick in dieß reiche und bewegte Leben, voll Anstrengung und Mühe, zur treuen Verwendung der ihnen verliehenen Gaben und zur edelen Nacheiferung bestimmt werden. Die bei ihrem redlichen Mühen und Streben. immer wieder auf neue Hindernisse stoßen und in Gefahr stehen, entmuthiget zu werden, dürften durch das Beispiel dieses geduldigen Knechtes Gottes innerlich gekräftiget und gehoben werden. Und uns, die wir in einem langem Leben wenig gearbeitet und noch weniger unternommen haben, dürfte die Erwägung der unablässigen Thätigkeit und Ausdauer dieses Arbeiters im Weinberge des Herrn zur heilsamen Beschämung dienen. Geschähe dieses, dann gereichte dieß im Umrisse gezeichnete Leben des hochwürdigsten Bischofes wirklich zur Verherrlichung des Herrn, dem allein Anbetung und Ehre und Lobpreisung gebührt in alle Ewigkeit. Amen.

Freising, am ersten Fastensonntag 1874.

Der Verfasser.

I. Heimat, Jugendzeit und Gymnasium.

Im freundlichen Illerthale, etwa acht Stunden nordwärts von dem Zusammenflusse der drei Bäche, welche die Iller bilden, liegt von anmuthigen Hügeln umgeben die ehemalige freie Reichsstadt und das Stift Kempten, die Hauptstadt des Alpengau's. Oestlich von dieser Stadt, auf einer größern, die Stadt beherrschenden Anhöhe steht der Pfarrort Lenzfried, ehedem Lämpfrids geschrieben und im Munde des Volkes auch jetzt noch so genannt. Dieser Ort gehörte in früheren Zeiten, sammt all den in der Nähe gelegenen Ortschaften, zur Stadtpfarrei St. Mang (Magnus) in Kempten, so lange die Stadt noch katholisch war. Allein schon in der Mitte des 15. Jahrhunderts war daselbst ein Franziscaner-Kloster gegründet worden, das sich unter allerlei Wechselfällen bis zur allgemeinen Klosterzerstörung im Jahre 1803 erhalten hat, und dessen Mönche sich um die Seelsorge nicht allein in der nächsten Umgebung, sondern selbst im größten Theile des Allgäu mit großem Eifer annahmen, stets bereit, den Pfarrern des Bezirkes Aushülfe zu leisten, wo diese verlangt wurde. Ausgezeichnete Verdienste um das ganze Allgäu hatten sich diese Mönche in den Jahren nach der verheerenden Pest im Jahre 1634 erworben, als die meisten Pfarreien durch die Pest ihrer Seelsorger waren beraubt worden. Damals waren es die Franziscaner, die sich der verwaisten Gemeinden annahmen, in den Kirchen das Wort Gottes verkündeten, die heiligen Sacramente spendeten und das ganz entmuthigte Volk wieder aufrichteten. Von dieser Zeit an hat sich die dankbare Gesinnung und das Vertrauen der Gläubigen zu diesen Ordensmännern ungetrübt erhalten bis lange nach der Zerstörung des Klosters.

Allmälig gewannen diese Patres auch noch einen engeren Kreis für ihre seelsorgliche Thätigkeit. Nachdem die Stadt Kempten protestantischen Pastoren übergeben worden war, stellte sich für die umliegenden Ortschaften, die der katholischen Kirche treu verblieben, die Nothwendigkeit heraus, selber eine katholische Pfarrei zu errichten. In Folge dessen wurde die bisherige Kloster=

kirche in Lenzfried als Pfarrkirche erklärt, und die Patres übernahmen die Pastoration der neu errichteten Pfarrei. Dieser Pfarrei wurden alle Dörfer, Weiler und Einödhöfe in einem Umkreise von vier Stunden zugetheilt, und zu diesen gehörten auch zwei Häuser, die seit ihrem Bestehen den Namen „zur Tanne" führten. Diese beiden Häuser, die unsere Aufmerksamkeit auf sich ziehen, liegen eine halbe Stunde östlich von Lenzfried, auf der Spitze einer bedeutenden Anhöhe, von Obstbäumen umgeben und zum Theile verhüllt. Auf der Bahn von Augsburg nach Kempten sieht man dieselben, nachdem man von der letzten Station vor Kempten, Bezigau, abgefahren, zur linken Hand.

Auf dieser Anhöhe „zur Tanne" steht man schon einige hundert Fuß über dem Niveau der Iller und bedeutend höher als Lenzfried, das durch ein dazwischen liegendes Wäldchen verdeckt ist. Die ehemalige Reichsstadt Kempten sammt dem Stifte liegt tief unter uns und gewährt einen freundlichen Anblick. In der Ferne gegen Osten erhebt sich die Zugspitze und, von ihr überragt der Seil ing bei Füßen. Gegen Süden hin erblicken wir die majestätischen Gebirge des Lechthales, den Aggenstein, den Hochvogel, den Daumen — lauter Berge von 8000—9000 Fuß Höhe. Näher stehen uns die Vorberge in mannigfacher Abstufung, terrassenförmig sich gruppirend und die großartigen Bergesspitzen mit dem Thalgrunde vermittelnd. Unter diesen macht sich der Grünten, dieser Vorberg der Alpen, mit der ihm sich anschließenden Wertacher- und Mittelberger-Anhöhe vor allen andern bemerkbar.

Vor diesen Berghöhen umgibt uns von allen Seiten ein freundliches, fruchtbares, friedliches Hügelland. Liebliche, dunkelgrüne Wiesmatten, mit herrlicher Flora und köstlichem Grase, erquicken unser Auge in nächster Nähe. Selbst in den späten Herbsttagen, da man im Unterlande nur mehr über Stoppelfelder hinschaut, bietet hier noch das frischeste Grün die lieblichste Augenweide. Mit diesen Wiesmatten wechseln die daran liegenden Weideplätze ab, in denen die trefflichen Allgäuerkühe, jede mit einer Glocke behangen, von jugendlichen Hirten gehütet werden. Das Zusammenläuten der verschiedenen Glocken und Glöcklein muthet uns an, als wären wir auf einem Kirchgange und sollten zur Anbetung des höchsten Herrn der Schöpfung gestimmt werden.

Auf dieser freundlichen Anhöhe, in dieser großartigen Umgebung, in dieser Geschiedenheit von dem Gewühle und dem Getriebe der Welt stand die Wiege des Bischofes Daniel Bonifacius von Speyer. Hier verlebte er die glückseligen Jahre seiner Kindheit, hier wohnte er sechs Jahre lang als Schüler des eine Stunde weit entfernten Gymnasiums in Kempten. Hier brachte er den größten Theil seiner Ferien zu als Universitätsstudent, als Alumnus und während mehrerer Jahre als Professor an der Universität; und als er sich anschickte zu seiner Reise in die Rheinpfalz, verweilte er noch vier Tage lang in dieser trauten Heimat.

Daniel Bonifacius von Haneberg wurde geboren am 16. Juni 1816. Seine Eltern waren Tobias Haneberg und dessen Ehefrau Franziska, geb. Haibel. Sie zählten zu den wohlhabenden Familien der Umgegend und waren schon über eilf Jahre verehelicht gewesen, als ihnen nach zwei anderen noch lebenden Söhnen der dritte, der in der Taufe den Namen Daniel erhielt, geboren wurde. Drei Jahre später erhielten sie noch einen Sohn, der gegenwärtig noch am Leben ist.

Der Großvater, Franziskus Haneberg, hatte viele Jahre lang das Amt eines geistlichen Vaters in dem nahen Kloster versehen. Als solcher mußte er die Einnahmen und Ausgaben der Franziskaner überwachen und dafür Sorge tragen, daß man nicht mehr ausgebe als man einnehme, weil sonst ein Bankrott eintreten würde. Auch die Aufsicht über die Baulichkeiten im Kloster war seines Amtes, und zur Aushülfe im Falle einer Noth oder Verlegenheit war er ohnehin bereit. So stand er immer im Verkehr mit diesen Mönchen, die das Haus „zur Tanne" als ihre Heimat ansahen und demselben gar oft Besuche abstatteten. Für die Gaben und Dienstleistungen ihres geistlichen Vaters hatten sie eine ihnen eigenthümliche Münze, nemlich Deo gratias. Der Bischof hat es öfters ausgesprochen, wo es immer ihm wohlergangen oder irgend ein Unternehmen ihm gelungen sei, habe er's als eine Wirkung der vielen Tausend Deo gratias angesehen, die sein Großvater von den Franziskanern in Empfang genommen.

Von diesen Franziskanern wußte Vater Tobias noch Vieles zu erzählen; denn seine Jugendjahre waren noch ganz in die Franziskanerzeit hineingefallen. Mit ausgezeichneter Verehrung gedachte er des P. Julian (Menne), der als Novizen-Meister mit seinen Novizen gar oft „zur Tanne" gekommen war, der von Allen wie ein Heiliger verehrt wurde und auch in seiner aufopfernden Seelsorgsthätigkeit für die am Typhus erkrankten und im Kloster liegenden Soldaten den Tod eines Heiligen starb. — In Hinsicht auf Unterricht und Belehrung verdankte Vater Tobias am meisten dem vortrefflichen Guardian Philipp Nerius Chrismann, der durch seine regula fidei in der theologischen Literatur sich einen Namen erworben hatte. Derselbe nahm sich des talentvollen und strebsamen Bauernsohnes ganz besonders an und führte ihn durch seine gründliche und klare Belehrung in das Verständniß der katholischen Lehre ein, so daß er dieselbe jedem Gelehrten und Ungelehrten gegenüber zu vertheidigen im Stande war. Auch geschichtliche und geographische Kenntnisse erlangte der lernbegierige Jüngling von diesem seinem Gönner und andern Ordensgenossen in einem damals selbst in

Städten höchst seltenen Umfange. Zudem versahen ihn die Patres mit entsprechender Lektüre, und Vater Tobias gewann in diesem Verkehre mit den Mönchen so viel wahre Bildung, daß er in der Folge als einer der intelligentesten und characterfestesten Männer des ganzen Allgäu anerkannt ward.

Daniel stand in seinem neunten Jahre, als der bisher so glücklichen Familie die Mutter durch den Tod entrissen wurde (6. Dez. 1825). Nun lag die ganze Last der Erziehung der vier Söhne auf den Schultern des Vaters Tobias. Der Großvater Franziskus war schon 10 Jahre früher (10. Dez. 1815) gestorben, aber sein Segen war geblieben über dem Hause, das er so lange bewohnt und durch seine Gottseligkeit geheiliget hatte. Die Erinnerungen an ihn, an seine Wirksamkeit, und die Erzählungen aus dem Leben und Wirken der jetzt längst vertriebenen Ordensmänner bildeten das erste Stück Welt- und Kirchengeschichte für die heranwachsenden Söhne und erweiterten den engen Gesichtskreis derselben. In Daniel aber wirkten diese Erzählungen offenbar die ersten Anfänge seiner Vorliebe für das Klosterleben.

Sobald das vorgeschriebene Alter erreicht war, wurde die Schule in Lenzfried besucht während des ganzen Winters. Im Sommer hatte man Arbeit im Felde und im Hause, im Wald und auf der Dorfwiese in Hülle und Fülle. Da fand sich keine Zeit für den Schulbesuch. Kanzlei- und Stadtleute haben keine Ahnung davon, zu wie vielen Arbeiten man in einem wohlgeordneten Hauswesen auf dem Lande Kinder von 8—12 Jahren verwenden kann, und wie sie durch solch' unablässige Beschäftigung vor geistiger und leiblicher Verkrüppelung verwahrt werden.

Dieß frühzeitige Gewöhnen ans Arbeiten war es, was dem Vater Tobias das sorgenvolle Geschäft der Erziehung seiner vier Söhne sehr erleichterte, war ein Theil der Erziehung selber. Die Fürsorge der erbarmenden Liebe Gottes hat freilich das Meiste gethan, allein auch die Abgelegenheit des Wohnsitzes half dem bekümmerten Vater in der Ueberwachung der Knaben und hielt so manche verderbliche Einflüsse ferne. An Sonn- und Feiertagen ging der Vater mit seinen Söhnen in den Gottesdienst nach Lenzfried, sowohl Nachmittags als Vormittags, und nach demselben kehrte er wieder in Begleitung derselben zurück nach Hause. Die übrige Zeit des Sonntags wurde mit Lesen zugebracht. Zur Schule durften die Knaben erst, wenn's höchste Zeit war, den Weg einschlagen, und nach der Schule mußten sie eiligst zurückkehren zur Arbeit. So war es der Vater selbst gewöhnt worden von seinem Vater, und so mußte es Sitte bleiben. Während der Arbeit unterhielt der Vater die fleißigen Söhne mit allerlei Mittheilungen aus dem Schatze seines für einen Bauersmann immerhin reichen Wissens.

In solchen Verhältnissen ist Daniel Haneberg aufgewachsen. Die christliche Weisheit des frommen Vaters, die feste Sitte des christlichen Hauses, die einen guten Theil ihres Bestandes den Franziskaner-Mönchen, zumal dem gelehrten und frommen P. Chrismann dankte, und die vom Herrn und Schöpfer ihm verliehenen Gaben des Geistes und Gemüthes bildeten die drei Elemente, die unter der Leitung der Providenz und mit dem Beistande der Gnade zu einem Ganzen sich gestalteten, dem Alle, die noch Sinn für geistige Größe und christliche Demuth bewahrt haben, nur mit Ehrfurcht nahe treten.

Während des Sommers ward dem Daniel abwechselnd mit seinen Brüdern die Obhut über die Heerde anvertraut. Da hatte er viele Zeit, seinen Gedanken und Phantasien sich hinzugeben, und er bedauerte später, als er das Studium der chinesischen Sprache begann, sehr lebhaft, daß ihm die chinesischen Wortzeichen nicht damals in die Hand gegeben wurden, als er bei den Heerden seines Vaters saß, wo er sie so ganz leicht sich gemerkt hätte. Allein dazu war noch keine Zeit. Ihm war Besseres beschieden.

>Er sah aus jeder Blüthe
>Die ew'ge Liebe blüh'n;
>Und Bäum' und Blumenranken
>Erfüllten ihn mit Lust,
>Und Jauchzen nur und Danken
>Bewegte ihm die Brust.

Die Erzählungen des Vaters Tobias von den guten Patres, die ehedem „zur Tanne" wie zu Hause gewesen, und die so viel gebetet und studirt und gepredigt hatten, weckten in dem Knaben das Verlangen nach einer ähnlichen Lebensweise, wie die der Franziskaner gewesen; denn diese galt ihm als das Ideal menschlichen Lebens und Strebens. Und weil man nur auf dem Wege des Studirens hiezu gelangen konnte, so sprach Daniel vor seinem Vater den Wunsch aus, es möchte ihm erlaubt werden, die Studienanstalt in Kempten zu besuchen, wie er bisher die Schule in Lenzfried besucht hatte.

Der Vater war dessen zufrieden, nur verlangte er, daß sein Sohn die Heimath „zur Tanne" als sein Logis auch fernerhin behalte und jeden Morgen in der Frühe den Weg nach Kempten und am Abend den Rückweg „zur Tanne" antreten müsse. Dessen war der Sohn vollkommen zufrieden. Am Anfange des Schuljahres 18$^{27}/_{28}$ wurde er als Schüler der I. Vorbereitungsklasse aufgenommen. Außer der Dorfschule in Lenzfried unter beständiger Nachhülfe seines Vaters hatte er durchaus keinen Vorbereitungsunterricht erhalten; und weil ihm jetzt beim Erlernen der Deklinationen und Conjugationen der Vater nicht mehr nachhelfen konnte, eine andere Nachhülfe aber sich nicht fand, so ging es ihm Anfangs etwas hart. Allein der eifrige Schüler verlor den Muth nicht. Sechs Jahre lang lief er alle Tage am frühesten Morgen unter Wind und Wetter, gar oft das Buch offen haltend und seine Aufgabe memorirend, nach Kempten hinein, und am Abende wieder zurück „zur Tanne".

Am Schlusse des ersten Schuljahres hatte Haneberg einen ehrenvollen Platz unter seinen Mitschülern aber keinen Preis erhalten. Während der Ferien durfte er einen Freund seines Vaters, einen ehemaligen Franziscaner von Lenzfried, der indessen Pfarrer geworden war, besuchen. Derselbe (Othmar Hochwind) hatte große Freude an dem studirenden Sohne seines Freundes und ermunterte ihn zum fleißigen Studium. Zum Abschiede sagte er ihm noch: „Wenn du wieder kommst, mußt du ein Prämium mitbringen." Im nächstfolgenden Jahre kam Daniel nicht auf Besuch zu seinem Gönner. Dieser wußte nicht, was vorgefallen sein könnte, an seinen Abschiedsbefehl dachte er nicht. Zwei Jahre darauf kam Haneberg wieder und brachte vier bis fünf Prämien, denn er war nahezu in allen Gegenständen der Erste geworden. Und so ging es denn durch alle Klassen. Erst allmälig war dem talentvollen, ganz sich selber überlassenen Knaben ein besseres Verständniß der zu lernenden Gegenstände aufgegangen. Was dieses Verständniß ganz außerordentlich weckte, war eine vortreffliche Behandlung und Erklärung der biblischen Geschichte von Christoph Schmid, die er von seinem Religionslehrer erhielt.

Talent und Fleiß überwanden selbst das anscheinend große Hinderniß eines alltäglichen zweistündigen Ganges in die Schule und von der Schule in die Heimat zurück. Diese alle Tage wiederkehrende Beschwerlichkeit des fleißigen Schülers ging selbst einem seiner Professoren zu Herzen. In Erwägung derselben prophezeiete er einst dem jungen Daniel: „Weil du zu deiner Ausbildung alle Tage einen so weiten und beschwerlichen Weg zu gehen dich nicht scheuest, so wirst du gewiß einmal in der Welt etwas Großes und Hohes werden." Haneberg meinte später, da er schon als Alumnus eine Höhe von sechs Fuß fünf Zoll erreicht hatte, es sei diese Prophezeiung schon in Erfüllung gegangen. Indessen gerieth er auf diesem Wege einmal wirklich in die größte Lebensgefahr. Es hatte einst, nachdem schon Wochen lang die Erde mit tiefem Schnee bedeckt war, eine ganze Nacht hindurch auf's Neue geschneit und gestürmt, und ein wilder Wind hatte den frischgedeckten Schnee in mauerhohe Wehwinden zusammengestäubt. Es war noch dunkel, als Haneberg die Heimat verließ. Er verirrte sich vom Wege und fiel in eine solche Wehwinde. Nur mit Anstrengung all seiner Kraft konnte er sich aus dem Schneehaufen herausarbeiten und seinen Weg nach Kempten fortsetzen.

Derselbe Lehrer, der durch seine verständige Behandlung der biblischen Geschichte die Verstandesthätigkeit der Schüler in so ausgezeichneter Weise zu wecken verstand, ward für Haneberg

von seinem fünften Studienjahre angefangen auch Lehrer der
hebräischen Sprache. Am Schlusse des ersten Jahres dieses
neuen Studiums begab sich Haneberg zu einem gelehrten alten
Rabbiner, um sich bei ihm Raths zu erholen, wie er dieses
Studium fernerhin betreiben sollte. Der Rabbiner prüfte den
Schüler, staunte über dessen Kenntniß der hebräischen Sprache
und sagte ihm, er müsse bei dem Lehrer bleiben, der ihn in
einem Jahre so weit gebracht habe, als man sonst kaum in drei
bis vier Jahren gelangen könne. Indessen gab ihm der Rabbi
doch manche gute Winke, wie er's mit Lesung der Bibel zu
halten habe, welche Hilfsmittel er gebrauchen und wie er auch
zu einem Verständnisse der weitern hebräischen Literatur gelangen
möge. Seinen bisherigen Lehrer (Professor Remigius Geist)
konnte Haneberg nicht mehr zu Rathe ziehen, denn diesem ganz
ausgezeichneten Lehrer der Grammatik war er schon längst vor=
angelaufen.

Die Leitung der Studienanstalt Kempten lag in der Hand
des Rector Leonhard Böhm. Derselbe versah mit Professor
Alois Nickl die beiden obern Classen. Beide waren ausgezeich=
nete Lehrer. Unter ihrer Leitung betrieb Haneberg das Stu=
dium der classischen Sprachen mit ausgezeichnetem Erfolg. Er
las Virgil und Homer mit großer Fertigkeit, und im vorletzten
Jahre seines Gymnasialstudiums machte er sich mit den griechischen
Dramatikern eben so bekannt, wie mit den Oden und Episteln
des Horatius. Die hebräische Bibel hatte er vom Anfange bis
zum Ende gelesen, und nun wollte er auch an das Studium des
Syrischen und Arabischen gehen, wozu ihm in Kempten Niemand
eine Anleitung geben konnte. Dieß bestimmte ihn, Kempten zu
verlassen.

II. Die Universität und das Alumnat.

Rector Böhm, dieser vortreffliche Schulmann, gab seinem
Schüler Haneberg, dessen ausgezeichnete Talente für Sprach=
studien er kennen zu lernen Gelegenheit hatte, den Rath, die
Oberklasse des Gymnasiums in München zu frequentiren und
bei den Professoren der orientalischen Sprachen an der Uni=
versität nebenbei Unterricht in diesen Sprachen zu nehmen. Im
Herbste 1834 wurde Haneberg als Schüler der Oberclasse in
München inscribirt. Wie in Kempten so wurde er auch hier
der Erste in seiner Klasse, und nebenbei besuchte er die Vor=
lesungen, welche Professor Allioli über arabische und syrische
Sprache an der Universität hielt. In diesen beiden Sprachen
machte er alsbald große Fortschritte. In kurzer Zeit brachte
er es dahin, daß er die Hymnen Ephrem des Syrers in der
Ursprache zu lesen im Stande war. Im Umgange mit Griechen

gewann er im Sprechen des Neugriechischen eine solche Fertig=
keit, daß er später sagen konnte, nur zwei Sprachen könne er
fertig sprechen, nemlich die deutsche im Allgäuerdialekte und die
neugriechische.

Im Anfang des Schuljahres $18^{35}/_{36}$ kam Haneberg als Can=
didat der Philosophie an die Universität München, setzte seine
orientalischen Studien fort; übte sich im Französischen und
Italienischen und nahm auch das Englische in Angriff. Sein
Lehrmeister in dieser Sprache, ein Jude, fing mit ihm sogleich
den Shakespeare zu lesen an und führte ihn in kurzer Zeit so
weit, daß er diesen größten Dichter Englands ohne Lehrer zu
lesen im Stande war.

Schon im ersten Jahre seines Aufenthaltes in München war
Haneberg mit dem Professor an der Academie Conrad Eber=
hard und seinem Bruder Franz bekannt geworden. Beide hatten
ihn sehr lieb gewonnen. Die Thüre zu ihrer Wohnung stand ihm
allezeit offen. Durch diese lieben Männer wurde sein Kunstsinn
geweckt und in vortrefflicher Weise gefördert. Unter ihrer An=
leitung konnte er schon als Gymnasiast die Kunstschätze Münchens
würdigen lernen und durch das Studium derselben seinen Geist
bilden. Durch die Vermittlung dieser beiden Gönner wurde er
auch bald mit dem gegenwärtigen Bischof von Passau, Heinrich
von Hochstätter bekannt. Derselbe hatte sich als Doctor juris
dem geistlichen Stande gewidmet und war am 5. August 1833
zum Priester geweiht worden. Als solcher nahm er sich sehr
eifrig der Studirenden an und ward ihr Beichtvater und Rath=
geber. Unter diesen fand sich auch Haneberg.

Die beiden Künstler Eberhard waren Hausfreunde bei
Görres und fast die täglichen Tischgenossen Schuberts, wenn
dieser nach unausgesetzter geistiger Anstrengung während des
ganzen Tages am Abende in einem Keller oder in einem Gast=
hause seine Maß Bier trank. „Nie schlafe ich ruhiger, als wenn
ich mit den lieben Brüdern Eberhard den Abend zugebracht
habe, denn da wird man nicht aufgeregt, und wenn man's vorher
gewesen, so wird man bei ihnen vollkommen beruhiget wie unter
lieben Kindern." So sprach sich Schubert öfters aus über seinen
Abendverkehr mit diesen zwei liebenswürdigen Allgäuern.

Von diesen zwei großen Lehrern hatte Haneberg schon ehe
er die Universität bezog, die beiden Gönner Vieles erzählen
hören, und die Hoffnung, als Candidat der Philosophie ihr
Schüler werden zu können, war es vor allem Anderen, was ihm
die Aufnahme an die Universität wünschenswerth machte.

Die Vorlesungen des großen geistreichen Görres waren nun
mehrere Jahre lang das tägliche Brod des für alles Großartige
und Erhabene begeisterten jungen Mannes. Ueber den Eindruck,
den die Vorträge dieses Mannes, dessen Auftreten immer wie
das eines Propheten gewesen, auf ihn gemacht haben, spricht

sich Haneberg selber in der Rede aus, die er bei dem feierlichen Gottesdienste für den Verewigten am 3. Februar 1848 in der St. Ludwigskirche gehalten hat: „Die ihn gehört haben und mit ganzer Seele gehört haben, wissen es, wie wenig ich sage, wenn ich sein Leben unter uns unvergeßlich nenne. War es nicht, wenn er in den Vorträgen über Geschichte die Einheit im Gewimmel der Thatsachen, die leitenden Gesetze in den vielgestaltigen Erscheinungen uns zeigen wollte, als wären wir von einem mächtigen Arme auf eine Alles überragende Berghöhe geführt, und könnten von dort die Zuglinien der Völker, die Cultursysteme wie Stromes- und Gebirgszüge überblicken"? Darin lag die große Bedeutung des Auftretens dieses Mannes im Jahre 1827, daß er öffentlich der Wahrheit, der geschichtlichen Wahrheit, der katholischen Wahrheit Zeugniß gab und in seinen Zuhörern bezüglich der seit Jahren eingesogenen Geschichtslügen wenigstens Zweifel erregte, die er dann auch zu lösen verstand, wenn man ausharrete bei ihm. Denn diesen hatte man bisher beigebracht, wo es immer schlecht gegangen in der Welt, da trage das Christenthum und zumal die katholische Kirche einen großen wenn nicht den größten Theil der Schuld. Nun ward uns haarklar nachgewiesen, an allem Unheil, das es je auf Erden gegeben, noch gibt und geben wird bis ans Ende der Tage, sei das von der Schlange dem Menschen eingeredete Streben, „zu sein wie Gott", sei des Menschen Hochmuth und Gottlosigkeit die Ursache, und wo immer dem Ueberhandnehmen des Unheils ein Damm gesetzt wurde, da sei es die Kirche gewesen, die diese Frohnarbeit im Dienste ihres Herrn und Gottes übernommen. Den mächtigsten Eindruck auf alle Zuhörer machte die einem jeden sich aufdrängende Ueberzeugung, daß dieser Mann der Geschichte im Innersten der Seele von der Wahrheit, die er verkündete, durchdrungen sei. Und wie man's im Anfange gefunden, so hat's sich bewährt während seiner ganzen Lehrzeit, und so hat es auch Haneberg in eigener Erfahrung inne geworden.

Wie Haneberg mit den vielen strebsamen jungen Männern seiner Zeit mit Bewunderung aufblickte zu der unerreichbaren Höhe des Meisters der Geschichte, ebenso fühlte er sich in Liebe hingezogen zu jenem andern Lehrer, den Erdmann den „poetischesten und liebenswürdigsten Psychologen" nennt, zum Professor Schubert. Die Vorlesungen dieses Lehrers über Naturgeschichte und Psychologie waren ihm Stunden geistiger Erquickung und frommer Begeisterung. Die lieblichen Bilder aus dem Leben der Natur und des Geistes, welche der innigst verehrte Lehrer vor den Augen seiner Zuhörer entwarf, entzückten jedes für die ewige Wahrheit empfängliche Gemüth. Die Analysis der geistigen Vermögen, die Beschreibung ihrer Thätigkeit, die Entfaltung der seelischen Kräfte und ihre Beziehung zum geistigen Wesen sammt der Offenbarung des Gesammt-Innern in der Körper-

lichkeit waren eine Anleitung zur Gewinnung gründlicher Selbst=
erkenntniß und eine unabläßige Aufforderung an das jugendliche
Gemüth, dem Geiste mit Hülfe der göttlichen Gnade zur voll=
kommenen Herrschaft über das Fleisch zu verhelfen in unabläßiger
Bekämpfung alles dessen, was sich auflehnt gegen die ewige, von
Gott gesetzte und im Lichte der ewigen Wahrheit erkannte Ordnung.

War es auch vielmehr eine Anregung zum Selbstdenken
und zu contemplativem Sinnen als eigentliche Belehrung, was
dieser Lehrer seinen Zuhörern gegeben, so war gerade dieses
etwas, was Haneberg und den ihm verwandten Naturen am
meisten zusagte. Denn eine Einfassung des Unerfaßbaren und
Unendlichen in den engen Rahmen eines Begriffes und eine
rationelle Darlegung des geheimnißvollen Lebens der im Mysterio
mit Gott vereinten Seele wird solchen Geistern nie genügen,
weil Wort und Begriff immer weit zurückbleibt hinter dem,
was als Ahnung das Innerste der Seele erfüllt. Darum konnte
Haneberg noch in den spätern Jahren offen bekennen: „Diesem
lieben Manne habe ich das Meiste zu danken, was ich in jener
Zeit gewonnen." Und daher kam auch seine Hochschätzung des
Hauptwerkes Schubert „die Geschichte der Seele", das er nach
einer wiederholten Lesung als „ein wunderbares großartiges
Epos vom Menschen" bezeichnete. Schubert aber hat seinem
theuersten Schüler väterliche Liebe und aufrichtige Verehrung
bewahrt bis an sein Ende, und öfters hat er es ausgesprochen,
wie über Alles theuer ihm dieser Mann sei und wie er unter
den Jetztlebenden keinen zweiten ihm an die Seite zu stellen wüßte.

Nebst diesen seinen eigentlichen Lehrern war es auch Schelling,
dessen Collegien er fleißig besuchte und dessen Vorträge zu
erfassen er sich viele Mühe gab. Die Präcision und Entschieden=
heit, womit dieser tiefe Denker jeden Satz aussprach, imponirte
ihm. Die tiefe Auffassung und klare Darlegung der ältesten
Mythen und das Bestreben, diese verkümmerten und verstümmel=
ten Traditionen mit der einen echten unversehrten Ueberliefer=
ung des auserwählten Volkes in Einklang zu bringen, erweckte
Bewunderung für diesen Lehrer und gewann ihm Vertrauen.
Am faßlichsten und verständlichsten war Schelling in seiner Po=
lemik. Und wäre dieß, daß er die gänzliche Unhaltbarkeit und
totale Unfruchtbarkeit aller wissenschaftlichen Bestrebungen der
Nachtreter Kant's, die damals bei den Studirenden noch als
Autoritäten galten, und die fromme Sentimentalität eines Jakobi
in ihrer Haltlosigkeit und Nacktheit gezeigt und durch sein mäch=
tiges Wort aus dem Feld geschlagen hat, das Einzige, was er
geleistet, so wäre sein Verdienst für die damalige Zeit immer=
hin hoch anzuschlagen.

Diese drei Männer und mit ihnen Franz von Baader hatten
gegen das Ende der Zwanziger=Jahre begonnen, die Eiskruste
eines erstarrenden, philisteriösen Rationalismus an der nach

München verpflanzten Hochschule zu brechen und die jugendlichen Gemüther für das Ideale zu begeistern. Mochten diese Lehrer zum Theile selbst noch im Unklaren und in Irrthum befangen sein, so war in ihnen doch geistiges Leben und ein aufrichtiges Ringen nach Wahrheit. Ach, es war eine herrliche Zeit, die Zeit des glorreichen Beginnes der Münchner Universität!

Als Haneberg an diese Hochschule kam, waren schon neun Jahre seit diesem glorreichen Anfange vorübergegangen. Die Männer, die im Beginne derselben in ihrer vollen Kraft zu wirken begonnen hatten, standen noch in ihrer ruhmvollen Thätigkeit: allein unter den akademischen Bürgern scheint die frühere, edle Begeisterung für das Ideale nicht mehr in demselben Grade wie anfänglich sich gefunden zu haben. Wenigstens wollte es denjenigen so scheinen, die über der Erinnerung an die glorreiche frühere Zeit, in der unermüdetes Ringen und Streben, durch emsiges Studium und edle Gesittung an dem Ruhme der academischen Lehrer einen Antheil zu gewinnen, einen großen Theil der Menge beseelte, zwischen dem Damals und Jetzt eine Vergleichung anstellten.

Haneberg hatte während des ersten akademischen Jahres außerdem auch Logik bei Erhart und Physik bei Sieber studirt, und sich dann im zweiten Jahre der Theologie zugewendet. Auch hatte er während desselben Jahres das schon früher begonnene Sanscrit eifrig betrieben und war ganz begeistert für die Lehren der Brahmanen, in denen er eine so tiefe und reine Mystik zu finden meinte, daß es ihm unmöglich schien, dieselbe habe vom menschlichen Geiste für sich allein ohne eine Theilnahme an der göttlichen Offenbarung erfunden werden können. Als er später mit den Heroen der christlichen Mystik, Tauler, Suso, Johannes vom Kreuze u. A. sich vertraut gemacht hatte, erkannte er den großen, himmelweiten Abstand heidnischer Speculation und Ascese von der gottgegebenen Erleuchtung und heiligen Uebung der Männer Gottes im Reiche der Gnade.

In der Theologie docirte damals Professor Döllinger die Dogmatik. Er hatte für diese Doctrin einen neuen, den historischen Weg eingeschlagen. Allein die Wenigern seiner Schüler konnten ihm auf diesem Wege folgen. Um denselben etwas Festes und Faßbares in die Hand zu geben, veranstaltete Döllinger eine neue Ausgabe der Theologie des französischen Bischofes und Theologen Abelly. Haneberg war im Stande, den Vorträgen des Lehrers zu folgen, und studirte zugleich auch das empfohlene Buch.

Den Lehrstuhl der Moral hatte damals Professor Kaiser inne. Derselbe plagte sich und seine Zuhörer Monate lang mit den „angebornen Ideen" und konnte dem eigentlichen Inhalt der Moral nur wenig Zeit zuwenden. In diesem Fache waren die Studirenden auf Privatstudium angewiesen.

Den Glanzpunct der theologischen Facultät bildete damals nebst Döllinger der von Tübingen berufene ausgezeichnete Lehrer göttlicher Weisheit und Wissenschaft Johann Adam Möhler. Er docirte Kirchengeschichte und neutestamentliche Exegese. Leider mußte dieser allbeliebte Lehrer schon im zweiten Jahre seines Aufenthaltes in München wegen Krankheit seine Vorlesungen öfters und auf längere Zeit unterbrechen. Zum Ersatze für die entgangenen Vorlesungen studirte Haneberg dessen Werke, „Athanasius der Große" und die „Symbolik". Möhler blieb für ihn das Muster und Vorbild eines Lehrers der Theologie. Seine Wirksamkeit hat sein Leben weit überdauert. In den meisten Conversionsgeschichten gelehrter Protestanten spielt die „Symbolik von Möhler" eine bedeutende Rolle. Für kathol. Studenten der Theologie war dieß Buch lange Zeit ein Prüfstein, an dem sie ihre Tüchtigkeit für theologische Wissenschaft bewähren konnten. Wer für dieß Werk kein Verständniß und Interesse hatte, galt als Philister.

Das Studium des von Möhler bearbeiteten „Athanasius der Große" ward dem großen Verehrer der Väter und eifrigen Leser ihrer Werke eine Anleitung zu einem fruchtbringenden Studium dieses Hauptmomentes der katholischen Tradition. Insbesondere während seines zweijährigen Aufenthaltes im Georgianum war das Studium der griechischen und lateinischen Väter eine der angelegentlichsten Beschäftigungen Hanebergs, indem er daselbst auch die Vorbildung für die practische Seelsorge erhielt unter der Leitung des hochverehrten Directors Dr. Wiedemann und seines Subregens Dr. Nußbaum.

Außerdem übersetzte er während des ersten Seminarjahres die damals großes Aufsehen erregenden, geistreichen Vorträge Dr. Wiseman's „über die vornehmsten Lehren und Gebräuche der katholischen Kirche." Professor Döllinger schrieb dazu eine empfehlende Vorrede, mit der Bemerkung: „Dem Wunsche des Verlegers, diesem Werke einige Worte voranzuschicken, habe ich um so lieber entsprochen, als ich dem Verfasser durch herzliche Freundschaft verbunden bin, und den Uebersetzer als einen **unsrer hoffnungsvollsten Theologen kenne und schätze.**" Im zweiten Seminarjahr übersetzte Haneberg ein zweites, eben erschienenes Werk desselben englischen Gelehrten, dessen Verständniß archäologische, geognostische und philologische Kenntnisse voraussetzt, wie man sie bei Studirenden der Theologie wohl selten findet. Es sind dieß die Vorträge „über den Zusammenhang der Ergebnisse wissenschaftlicher Forschung mit der geoffenbarten Religion." In dieser Arbeit wurde er von seinem jüngeren Freunde Dr. B. Weinhart unterstützt.

Während der Ferien übte er sich, schon ehe er die Priesterweihe empfangen hatte, theils in seiner heimatlichen Pfarrkirche, theils bei Freunden seines Vaters, die, ehemalige Franziscaner, jetzt als Pfarrer wirkten, und bei selbstgewonnenen Freunden in der Verkündung des göttlichen Wortes. Bei einem dieser Freunde lernte er einen Caplan kennen, der in der Folge durch Erklärung der hl. Schriften sich Namen und Ruhm erworben hat, und fortan mit Haneberg in treuer Freundschaft verbunden blieb. Es ist dies Dr. Peter Schegg.

Am 29. August 1839 empfing Haneberg im Dome zu Augsburg vom Bischof Peter Richarz die Priesterweihe. Ein Paar Wochen später, an einem Mondtage, feierte er in seiner Heimatgemeinde Lenzfried unter freiem Himmel sein erstes heiliges Meßopfer. Zwei ehemalige Patres des Klosters Lenzfried waren zugegen; einer derselben war als Primizprediger bestimmt; allein er hatte in dem nachmaligen Professor Dr. Fuchs einen Stellvertreter mitgebracht. Eine unübersehbare Menge Volkes hatte sich aus der ganzen Umgegend zu dieser Festlichkeit versammelt.

III. Lehrthätigkeit und Seelsorge.

Haneberg war noch vor seiner Priesterweihe von der Universität München zum Doctor der Theologie befördert worden. Es sollte nämlich der Lehrstuhl für Exegese besetzt werden, und die theologische Facultät war der Ueberzeugung, Haneberg eigne sich vollkommen für diese Stelle und werde einst der Universität zur Zierde gereichen. Er wurde darum aufgefordert, für die Docentur dieses Faches sich zu habilitiren. Dieß geschah kurze Zeit nach der Primiz. Sogleich begann er seine Vorlesungen über alttestamentliche Exegese und hebräische Sprache vor einem Auditorium, von welchem der größere Theil weit mehr Jahre zählte als der Lehrer. Allein Alle hatten großen Respect vor dem jugendlichen Lehrer, den die Mitschüler am Gymnasium schon wie einen Lehrer geehrt hatten.

Am Schlusse des ersten Lehrjahres wurde er als königlicher Ministerialcommissär zur Abhaltung der Absolutorialprüfung an mehrere Gymnasien gesendet. „Das war ein Commissär, der weiß, was man Abiturienten zumuthen kann, der die Leistungen eines jeden zu würdigen versteht und selbst mit trefflichem Geschicke Alles in die Hand nimmt und in Alles eingeht" — sagte der vortreffliche Rector Hocheder nach einer dieser Prüfungen. Zu diesem Selbsteingreifen in das Examiniren hatte ihn der Abt Barnabas Huber in Augsburg genöthiget, indem er ihm einen Thronsessel bereitet hatte, auf welchem der junge Commissär zu sitzen sich nicht entschließen konnte. „Ich setze mich überhaupt nicht, weil ich selbst examiniren werde und zu diesem Zwecke stehen und gehen muß", war seine Ausrede. Und nun nahm er die Prüfung selbst vor, wie sie sonst der Klaßlehrer vorzunehmen pflegt. Dieses Commissorium wurde ihm in der Folge alljährlich übertragen, bis man auch diese Anordnung wieder aufhob.

Seinen Zuhörern imponirte er nicht allein durch sein gründliches und allseitiges Wissen, sondern noch mehr durch seine aufopfernde Liebe, indem er überall zu helfen, zu dienen, zu geben bereit war; nicht minder aber auch durch seine Bescheidenheit und wahrhaft christliche Demuth. Er trug die Idee von einem christlichen Weisen, von einem katholischen Lehrer in sich, und im Vergleich mit dieser Idee fand er in all seinem Wissen nur Stückwerk und in all seinem Wirken und Thun nur Stümperei. Nie gewahrte man an ihm auch nur den leisesten Anflug von einem Wohlgefallen an sich selber, von einer Selbstzufriedenheit mit einer Leistung, so anerkennenswerth sie auch immer sein mochte. Selbst voll Begeisterung für den kostbaren Schatz, den die Kirche in dem geschriebenen Gotteswort bewahrt, suchte er auch in seinen Zuhörern Liebe zum Worte Gottes und ein tieferes Verständniß für dasselbe zu begründen. Nicht einzelne Fragmente sollten sie kennen lernen, sondern den ganzen wundervollen Zusammenhang der göttlichen Thatsachen, von denen die Schrift berichtet, sollten sie erfassen, damit sie in den Stand gesetzt würden, am Fortbau des göttlichen Reiches, dessen Fundamente in der Schrift gelegen sind, Handlangerdienst zu übernehmen.

Belege hiefür bieten die dem Publikum übergebenen wissenschaftlichen Arbeiten Hanebergs. Schon in den „religiösen Alterthümern", zu deren Bearbeitung er großentheils die Ferien von 1840 und 1841 verwendete, und die im Jahre 1842 erschienen, geben Zeugniß von einer Tiefe der Auffassung dieses Gegenstandes, die man mit Recht bewundert hat, und von einem ganz richtigen wenn auch nicht vollkommen geklärten Blick in das Ganze der göttlichen Offenbarung. Diese Erstlingsarbeit Hanebergs ward Vielen eine Brücke, auf der sie von einer ganz oberflächlichen Anschauung der göttlichen Thatsachen zu einem gründlicheren Verständnisse des großen Rathschlusses Gottes in der Führung seines Volkes gelangten. Nur der Verfasser glaubte, wie er sich in der zweiten Auflage dieser Schrift ausspricht, „Ursache zu haben, mit dieser seiner Jugendarbeit unzufrieden zu sein".

Noch mehr zeuget von dieser gründlichen, lebensvollen Behandlung der heiligen Urkunden die im Jahre 1844 erschienene „Einleitung ins alte Testament für angehende Candidaten der Theologie", in welcher die Bücher des alten Testamentes in ihrem innigen Zusammenhange mit der Geschichte und mit dem welthistorischen Berufe des Volkes Israel aufgefaßt und an diesen Büchern die Momente der Fortschritte und Rückschritte dieses Berufes gezeigt werden. Er hatte somit hier einen ganz neuen, von katholischen Bibelforschern noch nicht betretenen Weg eingeschlagen, um die Einwürfe der negativen Critiker zu widerlegen, die Studirenden von der Aechtheit der hl. Bücher zu überzeugen und denselben eine Idee von der gnadenvollen Vorbereitung des Menschengeschlechtes für das Erlösungswerk durch den Eingebornen des Vaters beizubringen.

Aber auch die in dieser „Einleitung" befolgte Methode erschien dem Verfasser im Laufe der Jahre ungenügend. Getragen von der Ueberzeugung, „es müsse die biblische Einleitung die Zeiten und Umstände (der hl. Geschichte) möglichst wieder aufleben lassen, in und unter welchen die Bibel entstanden ist, und dieses könne nur durch eine Geschichte jener göttlichen Führung, wovon die hl. Schrift die Urkunde ist, bewirkt werden", ging er daran, diesen großen Gedanken in einem umfassenderen Werke zum vollen und klaren Ausdruck zu bringen. Er bezeichnete dieses Werk, das im Jahre 1849 zum ersten Male erschien und seitdem in drei Auflagen verbreitet wurde, als einen „Versuch der Geschichte der Offenbarung". Es ist dasselbe wahrhaft epochemachend auf dem Gebiete der katholischen Literatur. Vor demselben hatten katholische Theologie-Candidaten und Geistliche nur ein Hülfsmittel, das ihnen zur Erreichung des von Haneberg angegebenen Zweckes Dienste leisten konnte, nemlich die ersten fünf Bände der vom edeln Grafen Stolberg bearbeiteten „Geschichte der Religion Jesu Christi". Allein bei all' seiner Vortrefflichkeit und all' dem großen Nutzen, den es zur Förderung des Bibelstudiums und zur Begründung einer Universal-Anschauung von dem göttlichen Werke der Offenbarung geschafft hat und noch schaffen könnte, wenn man's nicht im Staube liegen ließe, ist Stolberg's Werk doch zu umfassend, enthält zudem auch so Manches, was in gegenwärtiger Zeit die große Bedeutung nicht mehr hat, die es seiner Zeit unwidersprechlich gehabt, und enthält gar Vieles nicht, was gegenwärtig in solch' einem Werke nicht mehr fehlen darf. Hanebergs „Geschichte der Offenbarung" ist im eigentlichen Sinne eine Vorschule der Theologie und als solche für einen Jeden, der auf dem kürzesten und sichersten Wege eine Einsicht in das Ganze der gnadenvollen Offenbarung des Ewigen gewinnen will, unerläßlich nothwendig.

Schon im zweiten Jahre seiner Lehrthätigkeit war Haneberg zum außerordentlichen Professor an der Universität ernannt worden, und wenige Jahre darauf wurde er Professor ordinarius; vorher aber hatte ihn die königliche Academie der Wissenschaften schon zu ihrem Mitgliede ernannt. In letzterer Eigenschaft schrieb er „über die in einer Münchner-Handschrift aufbehaltene arabische Psalmenübersetzung das R. Saadia Gaon" und mehrere andere Abhandlungen, die er in den öffentlichen Sitzungen der königlichen b. Academie der Wissenschaften vorzutragen hatte. Man staunt über eine solche Masse von Arbeiten und frägt, wie dies Alles möglich gewesen? Denn außer seinen vielen Collegien, die er immer mit ängstlicher Gewissenhaftigkeit gehalten, außer den vielen Stunden, die er den ihn um Rath fragenden und um Unterstützung bittenden Studenten widmen mußte, außer den vielen Commissionen, die er für auswärtige Freunde immer mit der größten Bereitwilligkeit besorgte, und außer seiner ausgebreiteten Correspondenz nahm auch noch die Seelsorge viele Stunden einer jeden Woche in Beschlag.

Seinen Seelsorgerberuf als seine höchste Auszeichnung achtend und zugleich als seine Verpflichtung erkennend, und in liebevoller Sorgfalt für das Heil unsterblicher Seelen, ward Haneberg von Anfange seines Priesteramtes Vielen ein Seelenführer und Gewissensrath, und nie wies er eine Seele ab, die von ihm geistige Hülfe verlangte. Alle Sonn= und Festtage und an allen Vorabenden saß er Stunden lang im Beichtstuhle, in den ersten Jahren in der Theatinerkirche, später, nachdem die Ludwigskirche für den Gottesdienst hergestellt und eingeweiht worden war, in dieser Kirche. An seinem Beichtstuhle standen immer in langen Reihen die ältesten Greise neben den jüngsten Dienstmädchen, hohe Damen neben armen Taglöhnern und den höchsten Staatsbeamten. Es war dies jene Zeit, in der man sich der religiösen Uebungen nicht schämte, in der religiöse Bedürfnisse allenthalben erwachten und ohne Scheu sich kund gaben. In der Folge ist es wieder anders geworden, und es haben sich sehr bittere Worte von Männern vernehmen lassen über jene böse Zeit, in der man habe Religion heucheln müssen, als wenn Heuchelei etwas zu Commando Stehendes und nicht Freiwilliges wäre.

Nie hat man es gewagt, den eifrigen Beichtvater der Hohen und Niedern in den Koth zu ziehen oder ihn auch nur zu verdächtigen. Die vollständige Integrität seines Wandels und Rufes verstopfte den Lästerern ihren Mund und gewann ihm das Vertrauen aller Redlichgesinnten. Von seiner erleuchteten Frömmigkeit erwarteten Alle die sicherste Anleitung zu einem gottgefälligen Wandel. Seine Alles überwindende Geduld wußte auch Sonderlinge zu ertragen, und seine Weisheit verstand es, dieselben in die Bahnen christlicher Ordnung überzuleiten, nachdem er sie zur Erkenntniß des Einen Nothwendigen geführt und das Werk der Bekehrung durch Gottes Gnade eingeleitet hatte. Er ist Allen Alles geworden, und nie hat er das geknickte Rohr gänzlich zerbrochen, nie den glimmenden Docht ausgelöscht. In Jedem, der mit Vertrauen zu ihm kam, wußte er den guten Kern, der noch in ihm lag, aus dem wüsten Schutte, der über demselben sich gelagert, herauszufinden, zu pflegen und wieder zu Ehren zu bringen.

Allein die seelsorgliche Thätigkeit Hanebergs war nicht auf den Beichtstuhl beschränkt. Die Beichtkinder und auch Andere, die nicht zu denselben zählten, ließen ihn rufen, wo sie auf's Krankenbett hingeworfen wurden und wo sie glaubten, daß es zum Sterben komme. In die armseligsten Hütten und in die Häuser der Großen, in die prachtvollsten Salons und in die niedrigsten und leeren Dachstübchen wurde der junge Professor gerufen, wo man mit der Vorbereitung auf die Ewigkeit Ernst machte. Da war neben der geistlichen Hülfe gar oft leibliche Unterstützung ein dringendes Bedürfniß. Die eine wurde eben so bereitwillig wie die andere ertheilt.

Bei dem in hohen und niedern Kreisen sich kundgebenden Wiedererwachen des religiösen Lebens ward endlich auch das Bedürfniß nach einem vollständigen akademischen Gottesdienst mit Predigt und Amt an allen Sonn= und Festtagen rege geworden, und wirklich ein solcher in der Ludwigskirche angeordnet. Haneberg wurde als Universitätsprediger angestellt, und es füllte sich die große Kirche mit andächtigen Zuhörern, zumal aus den höchsten Ständen, nachdem man erfahren und gesehen, daß derselbe beliebte Prediger an allen Sonn= und Festtagen die Kanzel bestieg. Seine tiefe Schriftkenntniß, die sich in jedem, auch dem kürzesten Vortrage zu Tage legte, seine hohe Begeisterung für den Beruf eines Verkünders des göttlichen Wortes, das Erhabene und Würdevolle des Ausdruckes, das Hochpoetische seiner Darstellung, die Alles gewinnende Anspruchslosigkeit seines ganzen Wesens — Alles trug dazu bei, ihm ein überaus zahlreiches Auditorium aus allen Ständen zu verschaffen. Jahrelang wirkte er in dieser Eigenschaft als Kanzelredner in München mit großem Segen.

In den wichtigsten Angelegenheiten erholten sich die gelehrtesten Männer bei ihm Rath. So kam einst ein Gelehrter protestantischer Confession, der sich mit einer katholischen Jungfrau verlobt hatte und fest entschlossen war, die Kinder, die ihm Gott geben werde, in der Religion der Mutter erziehen zu lassen, zu ihm und trug ihm noch seine Bedenken vor. Wie es sich denn mit der Verpflichtung seiner künftigen Gemahlin, auf alle mögliche Weise ihn für ihre Confession zu gewinnen, in Wirklichkeit verhalte, fragte er den verehrten Professor. Wenn diese ohne Aufhören ihm immer vorpredigen müßte, um ihn von der Wahrheit des Katholicismus zu überzeugen, so wäre dieses doch etwas recht Lästiges und Widerwärtiges, meinte der Gelehrte. Haneberg erklärte ihm, es sei wirklich eine Verpflichtung der katholischen Frau, Alles zu thun, um den akatholischen Gatten für die katholische Wahrheit zu gewinnen; allein das erste und hauptsächlichste Mittel, dieser Verpflichtung nachzukommen, sei das gute Beispiel der Frau. Diese müsse durch ihre Gottergebenheit, durch ihre Treue und aufopfernde Liebe zu ihrem Gatten, durch Geduld im Leiden und insbesondere durch sittsames Schweigen denselben überzeugen von der Vortrefflichkeit einer Religion, die alle diese Tugenden erzeugt und nährt. Ihm, dem Gelehrten, gegenüber habe sie keine weitere Verpflichtung zur Belehrung durch Worte, außer wo er sie um Aufschluß bitte. Mit dieser Erklärung war der Gelehrte vollkommen zufrieden gestellt.

Daß Haneberg trotz seiner großen Geltung in der großen Welt und selbst vor denjenigen, die Gewalt haben, daß er ungeachtet seines oft entscheidenden Einflusses in höchst wichtigen Angelegenheiten doch nie eine Zielscheibe des lästernden Neides geworden, ist offenbar ein Beweis für die Thatsache, daß er nie auf einem Wege betroffen wurde, auf dem er sich selber oder etwas für sich gesucht, daß er Allen gerecht ward, daß er überall mit Vorsicht und Klugheit zu Werke ging und daß er bei all' seinem Thun nur von der reinsten Absicht geleitet ward. Nicht leicht ging eine Anregung zu irgend einem entscheidenden Schritte von ihm aus; allein wenn er sah, daß etwas im Werke war, was nach seiner Ansicht als gut und heilsam sich gestalten konnte, so setzte er alle gerechten und erlaubten Hebel in Bewegung, um die Sache zu Stande zu bringen. Am größten aber zeigte er sich, wie wir noch sehen werden, in seiner Resignation und innern Ruhe, wo seine Pläne durchkreuzt und seine Bestrebungen vereitelt wurden.

Selbst Leute, die während ihres Wohlseins weder um ein Wort Gottes noch um einen Gottesdienst sich kümmerten und eines Seelsorgers überhaupt nicht zu bedürfen glaubten, sendeten, wann die Stunde der ernsten Abrechnung nahe gekommen war, zu Haneberg, daß er ihnen beistehe in ihrer Vorbereitung auf die große Wanderung aus der Zeitlichkeit in die Ewigkeit. Auch in diesen Fällen, und gerade in diesen am allerwenigsten, durfte er das geknickte Rohr nicht zerbrechen und den glimmenden Docht nicht auslöschen. Und wenn er dann gefunden, daß in solchen nicht ohne ihre Schuld schief Beurtheilten auf dem Sterbebette sich noch weit mehr Sinn für die Wahrheit und die Gerechtigkeit fand, als ihr Ruf ihnen zugestehen wollte, so hat er es auch öffentlich ausgesprochen, wenn er genöthiget wurde, als Grabredner aufzutreten, was nicht selten der Fall war.

Noch einer ganz besondern seelsorglichen Thätigkeit des Professors aus den ersten Jahren seines Priesterlebens müssen wir um ihrer Seltenheit willen hier erwähnen. Es war bald bekannt geworden, daß der junge Professor nicht bloß die hebräische Bibel, sondern auch die Schriften der Rabbiner aus der spätern Zeit mit derselben Fertigkeit lese, mit welcher andere Priester etwa die Werke der Scholastiker oder der lateinischen Väter lesen. Eben so bekannt war die ungehemmte Zugänglichkeit und Freundlichkeit desselben. Dieß gab jungen Männern aus Israel Anlaß, seinen Umgang zu

suchen. Haneberg war erfreut über das Zutrauen, das sie ihm
schenkten, bewunderte die ausgezeichneten Talente und die vielen
Kenntnisse derselben und wußte ihnen die prophetischen Stellen
der Bibel und manche Aussprüche ihrer Rabbiner in einem bisher
von ihnen nicht geahnten Lichte vor Augen zu stellen. Mehrere
derselben nahmen dann Unterricht in den Lehren des katholischen
Christenthumes und ließen sich taufen. Mit diesen Leuten hatte
er Jahre lang sein liebes Kreuz, und er kam allmählig zu der
Ueberzeugung, daß der Zeitpunkt noch nicht erschienen sei, in
welchem Israel in den Schafstall der Kirche Gottes einzugehen
befähiget wäre.

> Er ging hinaus auf allen Wegen
> Und holte Irrende herein,
> Streckt' Jedem seine Hand entgegen
> Und lud sie Alle zu sich ein.

IV. Häusliches und Staatliches.

In der ersten Zeit seiner Lehrthätigkeit lebte Haneberg
mehrere Jahre mit dem Dichter Clemens Brentano zusammen.
Dieser machte ihn bekannt mit den wundervollen Erscheinungen
des höhern Seelenlebens, von denen er schon durch Professor
Schubert in den Vorlesungen über Psychologie einige Kunde er=
halten hatte, ohne sie recht fassen zu können. Brentano erzählte
ihm, was er selbst gesehen, gehört und erfahren hatte, indem
er mehrere Jahre Augenzeuge der immerhin denkwürdigen außer=
ordentlichen Lebenszustände der gottseligen Katharina Emmerich
gewesen. Nicht mehr Doctrinen sondern lauter thatsächliche Er=
lebnisse wurden ihm hier vorgelegt, die einer Erklärung harreten.
Das ganze, unermeßlich weite Gebiet heiliger Mystik entfaltete
sich hier vor seinen Augen, und der geistreiche Dichter wußte
ihn in das Verständniß desselben einzuführen, in so weit dies
überhaupt und zumal ohne persönliche Erfahrung möglich ist.

Außer diesem nicht zu unterschätzenden Gewinn, den ihm
das Zusammenleben mit Brentano brachte, gab es bei demselben
Vieles zu lernen und zu üben. Brentano war ein Mann der
Barmherzigkeit, knauserisch gegen sich selber, oft verschwenderisch
gegen die Armen. Haneberg gewöhnte sich hier, immer zu geben,
was gerade zur Hand war, öfters einen Gulden, wo vielleicht
ein Kreuzer schon zu viel gewesen. Am meisten Gelegenheit
aber gab es, Geduld zu lernen und zu üben. Brentano war
schon bejahrt, vielfach kränkelnd, oft von Schwermuth fast zu
Boden gedrückt. Da ward ihm Haneberg vielfach und oft un=
bewußt ein schützender Engel. Drum blieb auch immer Friede
im Hause, wenn nicht etwa ein Streit entstand zwischen Abrahams
Hirten und Loth's Hirten, während Abraham und Loth als

Brüder zusammen lebten. Jeder der beiden Männer hatte nämlich einen Bedienten, der ihm das Essen zubrachte, Zimmer und Kleider reinigte, die nothwendigen Ausgänge besorgte. Diese Bedienten vertrugen sich nicht immer friedlich miteinander, und einmal hätten sie es bald dahin gebracht, daß ihre Herren sich hätten trennen müssen, wenn nicht Haneberg die Sache vermittelt hätte.

Endlich kam es doch zum Scheiden. Clemens Brentano, von seinem edeln Bruder Christian nach Aschaffenburg eingeladen, verließ München, um bei dem geliebten Bruder zu sterben. Haneberg aber zog zu Professor Döllinger und lebte als dessen Haus= und Tischgenosse über ein Jahr mit ihm zusammen in gutem Frieden. — Nach dieser Zeit begann er selber ein Hauswesen. Eine alte, fromme und gewissenhafte Wittwe mußte ihm die Haushaltung führen. Insgemein hatte Haneberg noch einen Freund an der Seite, der mit ihm sich in die Wohnung theilte und unter seiner Leitung höhere Studien betrieb. Haneberg theilte nämlich von seinen geistigen Schätzen eben so theilnahmsvoll und neidlos mit, wie von seinem zeitlichen Einkommen. — Auch in diesem Verhältnisse gab es gar vielen Anlaß, Geduld zu üben. Von der Nothwendigkeit einer ungestörten Ruhe zu einem ergiebigen Studium hatte die gute alte Wittwe keine Idee. Immer glaubte sie, den Professor um etwas fragen oder ihm etwas sagen zu müssen. Alle Augenblicke meldete sie Besuche an, die sie am einfachsten selber mit einem Kreuzer=Geschenke hätte erledigen können. Auch hier hat Haneberg eine Probe seiner unverwüstlichen Geduld abgelegt.

Als diese Wittwe dem immerhin sehr winzigen Hauswesen nicht mehr vorstehen konnte und in einem Spitale Aufnahme und gute Versorgung erhalten hatte, logirte sich Haneberg in der Wohnung der Frau von Stranzsky ein, einer gebornen Freiin von Schleich und einer Freundin Friedrich Schlegels in den letztern Jahren seines Lebens. Diese eben so geistreiche als schwergeprüfte Dame hatte in den traurigsten Verhältnissen, an denen sie gänzlich schuldlos geblieben, ihren vielen Kindern eine vortreffliche Erziehung gegeben und stand jetzt fast ganz allein in der Welt. Eine ihrer Töchter war in Angers in den Orden du sacré coeur eingetreten und wirkte eben damals als Oberin eines Klosters dieses Ordens in Algier. Diese Frau hatte schon seit Jahren den Professor Haneberg zu ihrem Beichtvater sich erwählt und seiner geistlichen Führung sich unterstellt. In ihrer Wohnung konnte Haneberg ganz ungestört seinen Studien leben. Die edle Dame wußte manche lästige, störende und nur auf Spenden zielende Besuche abzuweisen und dadurch ihm Ruhe zu verschaffen.

Nach längerem friedenvollen Leben in dem Hause dieser edeln Frau trat bei zunehmender Kränklichkeit derselben für

Haneberg die Nothwendigkeit ein, diese Wohnung wieder zu verlassen und zum zweiten Male ein eigenes Hauswesen zu beginnen. Demselben in eigener Person vorzustehen, schien dem einzig der Wissenschaft und seinem priesterlichen Berufe lebenden Lehrer etwas Unerträgliches. Er drang darum in seinen alten Vater, daß er zu ihm nach München ziehe und mit einer nächst Anverwandten sein Hauswesen führe. Der gute, alte Vater hatte sein ganzes Leben auf dem Lande zugebracht, stand schon im Greisenalter, war unabläßige Arbeit in Feld und Wald gewöhnt und meinte, wenn er einmal in der Stube bleiben und der frischen Luft entbehren müsse, dann werde es bei ihm bald zum Sterben kommen. Deßungeachtet entschloß er sich aus Liebe zu seinem Sohne zu einer Wanderung in die Stadt und zu einem Aufenthalte inner der Mauern. Die meiste Zeit brachte er mit Kirchenbesuch und mit Commissionen dahin, die ihm der Sohn für Bibliotheken und Buchhandlungen auftrug, und die er bald zu eigener Befriedigung und zur vollkommenen Zufriedenheit seines Sohnes zu besorgen verstand. So hatte der Sohn die Freude, seinen geliebten, verständigen Vater um sich zu haben und ihm die Haussorgen überlassen zu können. Von diesen hatte Haneberg selbst keinen Schein. Bei ihm fragte sich's nur: Was muß ich diesem geben, um seinen Hunger zu stillen, was muß ich für jenen thun, damit er einen Rock bekomme? Die Leute kannten seine Dienstfertigkeit eben so gut, wie seine Freigebigkeit, und Manche mißbrauchten die eine eben so schmählich wie die andere.

———

Um diese Zeit zog sich über München ein Gewitter zusammen, das mehreren Collegen Hanebergs wenigstens für einige Zeit verderblich wurde und auch ihn aus seiner Lehrthätigkeit zu verdrängen drohte. Von der heillosen Rotte der Gottlosen gesendet, kam ein Weib nach München, das die Aufgabe übernommen hatte, den vom christlichen Volke innig geliebten, von den Gottlosen ingrimmig gehaßten großen König Ludwig I. seiner Majestät zu entkleiden. Das gottlose Weib, Lola Montez genannt, verstand sich auf seine Mission vortrefflich. Sie wußte das volle Vertrauen des Monarchen zu gewinnen, sich in die Regierungsgeschäfte einzumengen, die getreuen Räthe und Diener des Königs zu verdächtigen und feile Creaturen für die wichtigsten Stellen im Reiche zu empfehlen. Nur wer diesem Weibe huldigte, hatte das Vertrauen des unselig befangenen Monarchen, nur nach ihrem Rathe wurden die Stellen besetzt. Es war ein allgemeines Aergerniß, in der öffentlichen Meinung gebrandmarkte, durch und durch servile Bedientenseelen als Vertrauensmänner in der Umgebung der Majestät schauen zu müssen. Neben solchen servilen Menschen glaubten die damaligen ehrenhaften

Minister des Königs die ihnen obliegenden Pflichten nicht mehr erfüllen zu können, und erklärten dies in einem Memorandum an den König. Die Folge davon war die Entlassung der Minister, worüber die Umsturzmänner jubelten, das christliche Volk aber trauerte. Der Senat der Universität sprach dem Minister Abel, dem bisherigen Vorgesetzten der Universität in einer Adresse den Dank aus für die der Hochschule erwiesenen Dienste. Folge davon war die Versetzung oder Quiescirung mehrerer Lehrer der Universität. Es waren dies die Professoren Döllinger, Lassaulx, von Moy, Philipps, Höfler und Deutinger.

Deutinger, der geniale Denker und geistreiche Philosoph, war ein Freund Hanebergs und erst ein halb Jahr früher als außerordentlicher Professor an die Hochschule berufen worden. († 8. September 1864.) Derselbe hatte sich durch mißbilligende Aeußerungen über die Tänzerin, die durch das im höchsten Flor blühende Sykophantenwesen alsbald höchsten Orts hinterbracht wurden, schwer versündiget und wurde an das Lyceum in Dillingen versetzt. Haneberg war als sein Freund bekannt und zudem auch Beichtvater des entlassenen Ministers Abel. Auch seine Versetzung stand in Aussicht. Um ihn bangten nicht allein die Studirenden und die Lehrer der Hochschule, sondern auch die Zuhörer seiner Predigten und die vielen Beichtkinder. Die Zuhörerinnen und Beichtkinder aus den höchsten Ständen faßten den Muth, für den gänzlich Schuldlosen einzustehen und fürzubitten. Auch ein protestantischer Staatsrath (Maurer) stand auf ihrer Seite und hatte den Muth, für Haneberg zu sprechen. Ihre Bitte ward erhört. Statt der Ausweisung aus München erhielt Haneberg den Verdienstorden vom hl. Michael. Von einem Weibe kam das gedrohte Verderben, von frommen Frauen kam die Rettung.

Nachdem diese Gefahr der Entfernung von München glücklich beseitigt war, lebte Haneberg wieder in Ruhe und Frieden. Die Allgewalt des bösen Weibes nahte allmählig ihrem Ende. Nur bis zum Beginn des Jahres 1848 trieb sie ihr Unwesen. Noch beim Begräbniß des ehrwürdigen alten Görres, den aus München zu entfernen ihr und ihren feilen Knechten nicht gelungen war, wagte sie es, (1. Februar 1848) dem großartigen Leichenzug höhnend und spottend entgegenzutreten. Bald darauf mußte sie in eiligster Flucht die Stadt verlassen. Ihre Mission war zu Ende. Das bisher unantastbare Ansehen der Majestät war herabgewürdiget, der infernalen Revolution, die seitdem bald offen, bald verlarvt ihr Unwesen treibt, waren die Wege gebahnt. Haneberg aber hielt noch auf den größten deutschen Mann, auf den unerschrockenen Kämpfer für Wahrheit und Recht gegen Heuchelei und Brutalität jeder Art eine Leichenrede am 3. Februar 1848.

Während der politischen Wirren dieses und des folgenden

Jahres lebte Haneberg, wie das Verzeichniß seiner Werke nach=
weiset, nebst dem Lehrfache der Ausarbeitung seines Hauptwerkes,
der „Geschichte der Offenbarung", und mehrerer Abhandlungen
für die Academie der Wissenschaften, die im Drucke erschienen
sind. Schon glaubte man, der greise Vater könne sich ganz wohl
in das Stadtleben finden, und es sei ihm ein Trost, bei seinem
geliebten Sohne zu leben, als auf einmal in ihm eine heimwehartige
Sehnsucht „nach der Tanne" erwachte, wo er immer am liebsten ge=
wesen, wo es im Hause und auf dem Felde so viele Arbeit gebe, und
wo ihn sein jüngerer Sohn so nothwendig brauchen könne. Endlich
erlangte er von seinem lieben Sohn Daniel die Zustimmung zu
seiner Rückkehr in die Heimath. Daselbst nahm er seine länd=
lichen Arbeiten wieder auf, wie ehedem, und als einige Jahre
später das Haus seines ältesten Sohnes abgebrannt war, arbeitete
er unermüdet an dem Wiederaufbau desselben. Kamen dann die
Leute jammernd und klagend über das große Unglück, so wies
er sie zurecht mit den Worten: „Das hat der Herr gethan, und
mit dem Jammern ist nichts geholfen; es macht die Leute nur
lahm. Jetzt muß man arbeiten, daß man wieder ein Haus
bekommt." Er lebte noch mehrere Jahre „zur Tanne", kam hin
und wieder nach München, seinen Sohn zu besuchen, und nach=
dem er sein achtzigstes Jahr vollendet hatte, ging er am 8. Januar
1864 nach vielen Mühen und Arbeiten während eines so langen
Lebens in die ewige Ruhe ein. Der dankbare Sohn reiste zur
Begräbniß seines Vaters in die Heimath und legte auf einem
Gedenkbilde dem scheidenden Vater die Worte des alten Tobias
an seine Kinder und Enkel in den Mund:

„Meine Kinder, höret euern Vater. Dienet dem Herrn
in der Wahrheit und trachtet zu thun, was Ihm wohlgefällig
ist, und befehlet euern Kindern, daß sie Gerechtigkeit üben
und Almosen geben, daß sie Gottes eingedenk seien und Ihn
loben zu aller Zeit in Wahrheit und aus allen Kräften".
Buch Tobias 14, 10. 11.

>Bis zum End' hat er gebaut
>Furch an Furche viele Hufen,
>Hat sich kaum selbst umgeschaut,
>Als der Herr ihn abgerufen.

V. Der Eintritt in's Kloster und das Klosterleben.

Während Vater Haneberg seinem Verlangen nach der Heimat
„zur Tanne" Rechnung trug, reifte auch im Sohne ein von Kind=
heit an im Innern verborgenes Verlangen zum vollen Entschlusse.

König Ludwig I., der schon als Kronprinz beim Anblicke der
majestätischen Basilika zum hl. Paulus in Rom den Plan gefaßt
hatte, einen ähnlichen Tempel in der Hauptstadt seines Reiches

zu erbauen, hatte jetzt diesen Plan ausgeführt. Die prachtvolle Bonifaziuskirche sammt dem Kloster stand vollendet da und war am 24. November 1850 vom Erzbischof Carl August feierlich eingeweiht worden. Als Professor Haneberg diese Kirche nach ihrer Vollendung zum ersten Male betrat, ward er plötzlich von dem Gedanken ergriffen: „Hier ist der Ort, an dem ich sein und wohnen will".

Diese prachtvolle Kirche wurde vom Könige dem Benedictiner-Orden übergeben, und der Conventual von St. Stephan, Paul Birker, wurde zum ersten Abte dieses Klosters ernannt. Die Kirche ward zugleich als Pfarrkirche für den westlichen Theil der Stadt bestimmt, und die Ordensgeistlichen mußten die Pastoration der neuerrichteten Pfarrei übernehmen. Anfangs waren es Conventualen aus den Klöstern Metten, Scheyern und St. Stephan in Augsburg, welche unter dem Abte Paulus die Klostergemeinde bildeten. Diese waren aber nur hergeliehen, bis das neue Kloster selbst Mitglieder aus den Weltgeistlichen und aus den Candidaten der Theologie gewinnen würde.

Wirklich meldeten sich alsbald nach der Gründung des Klosters mehrere Geistliche um Aufnahme in's Noviziat. Unter den ersten derselben war Professor Haneberg. Er war mit dem neuernannten Abte schon von der Studienzeit her befreundet und fand auch durch diesen Umstand nach menschlichem Ermessen seinen Eintritt, der immer einen festen Entschluß und Ausdauer des Willens erfordert, sehr erleichtert. Wie jeder, der von den Studien her in's Kloster eintritt, machte er das ganze Probejahr mit strengster Gewissenhaftigkeit durch, hielt nebenbei an der Universität seine Vorlesungen, wie ehedem, und unterzog sich beim Beginn der Ferien den vierzigtägigen Exercitien, die von dem liebenswürdigen, allseitig gebildeten Pater Rinn auf dem Berge Andechs gegeben wurden. Mit diesen geistlichen Uebungen war das Noviziat zum Abschlusse gekommen, und Haneberg legte am darauffolgenden 29. December 1851 die feierliche Profeß ab.

Aus dieser neuen Stellung erwuchsen dem Professor außer dem gemeinschaftlichen Chorgebete und den übrigen klösterlichen Uebungen noch neue Arbeiten. Er hatte an den Festtagen die Nachmittagspredigten und auch seinen Mitbrüdern belehrende und erbauende Vorträge zu halten. Zu diesem Zwecke machte er eingehende Studien über das Evangelium des hl. Johannes. Den Erwerb aus diesen Studien trug er dem gläubigen Volke in Predigten und seinen Mitbrüdern in Exhortationen vor. Diese Studien und Vorträge berechtigten seinen Freund Dr. Schegg zu der in der Vorrede zum Matthäus ausgesprochenen Hoffnung, daß Haneberg die von ihm begonnene und schon weit fortgesetzte Erklärung der Evangelien mit einer Erklärung des Johannis-Evangeliums zum Abschluß bringen werde. Diese

Hoffnung ist noch nicht erfüllt, allein es steht mit Gottes Hilfe zu erwarten, daß der Bischof vollenden werde, was dem Abte und Professor zu vollenden nicht möglich gewesen.

Der Eintritt Haneberg's in den Orden war dem Kloster ganz besonders darum ein Gewinn, weil derselbe vielen Freunden und Schülern des beliebten Lehrers einen Anstoß gab, sich selber über ihren Beruf für das Kloster zu prüfen und nach reiflicher Erwägung ihm nachzufolgen. Und wirklich mehrte sich die Zahl der Novizen von Jahr zu Jahr, obgleich bei Weitem nicht Alle, die den Versuch wagten, auch aushielten. Indessen bildete sich doch bald ein Convent von Zöglingen des eigenen Hauses, so daß die zur Aushilfe gekommenen Patres wieder in ihre Klöster zurückkehren konnten. Hanebergs Eintritt brachte aber dem sehr armen Kloster auch materiellen Gewinn. Den Professorengehalt bezog jetzt, nachdem Haneberg das Gelübde der Armuth abgelegt hatte, das desselben sehr bedürftige Kloster.

Die Conventualen des neuen Klosters waren großentheils mit der Seelsorge beschäftigt. Die ihnen übergebene Pfarrgemeinde zählt gegenwärtig über 30,000 Seelen. P. Bonifacius, denn diesen Namen hatte Haneberg bei der Aufnahme in den Orden erhalten, ward außer seiner Professur ganz besonders als Prediger und Beichtvater in Anspruch genommen und wetteiferte in dieser doppelten Seelsorgsthätigkeit mit seinem Abte, der zumal als vortrefflicher Prediger allgemein beliebt war.

So ging es vier Jahre lang. Die innere Begründung des geistlichen Hauses, dem noch alle Tradition fehlte, in dem man überall von Neuem anfangen mußte, bot der Schwierigkeiten eine große Menge. Es war nicht ein Kloster, das durch einheitliche Ordnung und Leitung regiert werden sollte, sondern es war neben dem Stifte noch die Filiale Andechs, dieser besuchte Wallfahrtsort sammt Pfarrei durch Klostergeistliche von St. Bonifacius zu besetzen, und es sollte zugleich auch das königliche Erziehungsinstitut für Studirende von den Conventualen des Stiftes geleitet werden. Das war eine entsetzliche Zersplitterung, und die Oberleitung des Ganzen ward unter diesen Umständen so sehr erschwert, daß Abt Paulus dieselbe nicht mehr führen zu können erklärte und resignirte.

Jetzt war die junge Klostergemeinde in die Lage versetzt, aus ihrer Mitte selber einen Abt zu wählen. Es war eben das Cholera=Jahr 1854. Sämmtliche Patres hatten Tag und Nacht Kranken und Sterbenden beizustehen, denn gerade in diesem Stadttheile forderte die böse Seuche sehr viele Opfer. Die Cholera war schon im Abnehmen begriffen, als die verwaiste Gemeinde am 4. October zusammentrat, um einen neuen Abt zu wählen. Alle wählten ihren verehrten Mitbruder Bonifazius. Die Wahl war genau nach den canonischen Gesetzen vorgenommen, wurde confirmirt, und der neugewählte Abt erhielt am 19. März 1851 vom Erzbischof Carl August die Benediction.

Nun lag die ganze Last des Hauses mit all seinen Attributen auf den Schultern Haneberg's. Zudem blieb er Universitätsprofessor, wie er's bisher gewesen, denn dieß war sein erster, nie aufgegebener Beruf, und das Stift bedurfte des Professorengehaltes gar sehr. Noch häufiger wurde er zu Kranken und Sterbenden gerufen, noch öfter wurde er um Rath und Belehrung angegangen, und doch gelang es ihm, allen Anforderungen seines Amtes gerecht zu werden und durchweg mit Segen zu arbeiten.

Vier Jahre lang hatte er seinen Mitbrüdern das Beispiel des unbedingtesten Gehorsames in Verläugnung seines eigenen Willens gegeben, vier Jahre lang hatte er, obgleich von seinem Lehrberuf so sehr in Anspruch genommen, allen Uebungen des Ordens mit strenger Gewissenhaftigkeit sich unterzogen; nun konnte er auch von Allen Gehorsam und gewissenhaftes Halten der Regel verlangen. Und wie er überhaupt Alles geistig erfaßte, so konnte er auch in dieser Beziehung nur verlangen, daß alle äußere Observanz gehoben und getragen sei von dem Alles belebenden Geiste. Mit väterlicher Liebe kam er allen billigen Wünschen seiner Untergebenen entgegen, mit unerschütterlicher Festigkeit bestand er auf dem, was zum Wesen des Ordenslebens gehört; und sein ganzes Streben ging dahin, eine Genossenschaft im Geiste und nach dem Sinne des hl. Ordensstifters und der großen Heiligen seines Ordens in seinem Stifte herzustellen. Zu diesem Zwecke machte er sich die Glanzpunkte seines Ordens, Clugny und Hirsau, und die großen Männer dieser Klöster, Petrus den Ehrwürdigen und den seligen Wilhelm von Hirsau zum Gegenstande eingehender Studien, die er in der von Prof. Deutinger herausgegebenen Zeitschrift Siloah veröffentlichte.

Viele waren sehr bekümmert um den neuen Abt, der bei seinem Eintritt in den Orden gemeint hatte, durch diesen Schritt allen zeitlichen Sorgen und Geschäften für immer zu entgehen, und nun in einen Strudel von häuslichen Sorgen und Arbeiten der Verwaltung hineingeworfen wurde, vor welchem jedem Andern bangen mußte. Allein der Lenker der menschlichen Geschicke hatte es so gewollt, und Er, der Herr, hat auch vom Anfange bis zum Ende sich in getreuer Vatersorgfalt als den Hausvater dieser großen, seinem Diener übergebenen Familie erwiesen. Nur in Hinsicht auf die wissenschaftlichen Leistungen, wozu ihm fast gar keine Zeit mehr verblieb, war diese Aenderung seiner äußern Lage zu beklagen. Dieser Bedrängniß ungeachtet war er doch noch im Stande, eine zweite und später eine dritte Auflage seiner „Geschichte der Offenbarung" zu bearbeiten und mehrere Abhandlungen für die Academie zu fertigen.

Im zweiten Jahre seiner Vorstandschaft gründete der Abt in dem ihm untergebenen Filialkloster eine Anstalt für verwahrloste Knaben, die am 21. August 1856 eröffnet wurde. Die Anstalt war Anfangs nur auf 36—40 Zöglingen berechnet, allein in wenig Jahren überschritt ihre Zahl das Doppelte. Die ärmsten verlassensten Kinder wurden von den Straßen Münchens aufgelesen und nach Andechs gebracht. Diese Nicolaus-Anstalt, wie man sie nannte, war dem Abte ein Gegenstand zärtlicher, väterlicher Liebe und großer Sorgen und Mühen. Wo er nur immer einen Tag lang sich von München entfernen konnte, machte er den Weg nach Andechs, um seine lieben Kleinen wieder zu sehen. Unter diesen Knaben bewegte er sich mit solcher Leichtigkeit und mit solchem Geschicke, als wäre er sein Leben lang deutscher Schulmeister gewesen. Ueber alle Gegenstände konnte er sie examiniren, und die Knaben wußten ihm meistens sehr treffliche Antworten zu geben, eben weil er vernünftig zu fragen verstand. Zumeist war die Religionslehre der Gegenstand des Examens. Da war nicht leicht ein Kind, das nicht von ihm examinirt zu werden wünschte; denn alle waren gut unterrichtet, und wenn auch die Antworten nicht immer vollständig gerecht ausfielen, so wußte der Abt dieselben immer so zu ergänzen und dem Kinde klar zu machen, daß es am Ende meinte, es habe wirklich Alles selber so gesagt, wie es der verehrte Abt verlangte.

Als der Abt, wie es in Klöstern Sitte ist, sein Porträt in Lebensgröße mußte malen lassen, wollte er mit zwei Zöglingen seiner Anstalt, die an seinem Habit sich festhalten, abgebildet werden. In dieser Darstellung steht sein Bild noch in der Abtei St. Bonifacius neben dem seines Vorfahrers, des Abtes Paulus. Und als man nach Erlaß seines Hirtenbriefes über die Schulen in der Fasten 1873 sich voll Verwunderung über seine Kenntniß des deutschen Schul- und Unterrichtswesens, wie er sie in diesem Schreiben kund gegeben, vor ihm sich aussprach, entgegnete er: „Wen soll das wundern? Habe ich mich nicht so viele Jahre mit dieser Sache abgegeben? Und was waren das für Schüler, mit denen ich zu thun hatte?" Selbst aus der Haupt- und Residenzstadt München brachte man 11—12jährige Knaben, die nicht einmal einen Buchstaben von dem andern zu unterscheiden wußten, und dieß nicht etwa aus Mangel an geistiger Begabung, sondern aus reiner Verwahrlosung.

Jahre lang blühte diese Anstalt, und die zur Zeit und Unzeit dahin gesendeten Commissäre weltlichen und geistlichen Standes wußten über dieselbe nur Gutes zu berichten und ihr im Vergleich mit andern Anstalten derselben Art nur den Vorrang zuzuerkennen. Erst nach der Entfernung des Abtes von München fand ein gewisser Herr Rücker, daß in diesen Zöglingen unter der Leitung von Klosterbrüdern die Liebe zum großen deutschen Vaterlande nicht gehörig gepflegt und daß daselbst der freien deutschen Wissenschaft Hemmungen in den Weg gelegt werden. So geistreich und bedeutungsvoll diese Entdeckung und der auf Grund derselben ausgesprochene Tadel auch immer sein mochte; so hatte der Abt, der überall Ideales im Auge behielt und nach Kräften zu verwirklichen bemüht war, doch immer auch selber an seiner ihm so theuren Anstalt, auf welche das Kloster alle Jahre 2000—3000, und einmal in einem Jahrgange sogar 4000 Gulden verwendete, Vieles auszusetzen und zu verbessern. Wie in allen seinen Unternehmungen, so fand er auch hier, daß die Ausführung des Großartigsten, das der Menschengeist unternimmt, hinter der Intention zurückbleibt, und daß man nie aufhören dürfe, das Mangelhafte zu verbessern und das Vollkommnere anzustreben.[1]

Was Diepenbrock vom seligen Bischof Wittmann singt, glaubte der Beobachter auf den Abt Bonifacius gedichtet, wenn er ihn im Kreise seiner Zöglinge in der St. Nicolaus-Anstalt zu schauen Gelegenheit hatte.

> „Doch die enge Zucht und Strenge
> Die dem Leichtsinn mahnend wehrt,
> Wird erweitert, es erheitert
> Sich sein Antlitz wie verklärt,
> Wenn die Kleinen ihm erscheinen,
> Wenn ihr Mund ihn traulich grüßt.
> Vor dem Kinde schmilzt die Rinde,
> Die sein liebend Herz umschließt."

VI. Verschiedene Arbeiten und Unternehmungen.

Als Abt hatte Haneberg, obwohl für sich ohne alles Vermögen, über das zeitliche Vermögen des Klosters zu verfügen. Da lag ihm vor Allem daran, seinen im Lehramte oder in der Seelsorge den ganzen Tag sich abmühenden Mitbrüdern einen wenn auch einfachen doch entsprechenden Tisch zu bereiten, um jeden Grund einer berechtigten Unzufriedenheit abzuweisen. „Wer arbeitet, soll auch essen". Jedem stand es frei, sich Abbruch zu thun und Entsagung zu üben. — Allein außer den Conventualen und den vielen Laienbrüdern, deren Zahl bis auf 72 Mann sich erhöhte, meldete sich alle Tage eine noch weit größere Zahl an der Pforte, die um ein Mittagessen flehte. Alte Bediente ohne Dienst, arme kränkelnde Taglöhner ohne Arbeit, verdienstlose Wittwen und Waisen, reisende Handwerker und Scribenten nebst armen Studenten kamen, ihren Hunger zu stillen, und der täg-

---

[1] Ueber die Nicolaus-Anstalt in Andechs siehe: Kalender für katholische Christen von Sulzbach, Jahrg. 1868 S. 115—119. Ueber die Rücker'sche Anklage siehe: Historisch-politische Blätter 1873, erstes Heft.

liche Bedarf zur Befriedigung all' dieser Leute kostete das Kloster alltäglich wenigstens acht Gulden. Dazu kamen noch die größern Gaben, die vom Abte oder vom Prior an verschiedene Hausarme und Bedrängte selbst aus den bessern Ständen gespendet werden mußten. Da standen die Dinge oft so, daß der Abt wirklich nicht wußte, woher er für sich und seine Hausgenossen das Nothwendige bekommen sollte. Und dennoch ist unter den vielen Tagen seiner 18jährigen Amtsverwaltung kein einziger Tag erschienen, an dem die Leute im Kloster hätten Mangel leiden müssen, oder an dem man wäre genöthiget gewesen, die vielen Armen an der Pforte hungrig zu entlassen.

Weit drückender als die Sorge um das Zeitliche war die Sorgenlast wegen der großen Pfarrgemeinde und der ausreichenden Pastoration derselben. Der Abt hatte zwar seine Hülfspriester, allein diese glaubten oft, unter der Last ihrer vielen Arbeiten erliegen zu müssen. Wo er nur immer konnte, arbeitete er selber; er übernahm Predigten und Krankenbesuche, wo er sah, daß Andere dieß nur schwer leisten konnten. War Entbehrung und Entsagung nothwendig, so entbehrte er und verzichtete selbst auf das Nothwendige. Galt es eine Arbeit, so arbeitete er, und so ging er, gänzlich sich selber vergessend und nur seiner Gemeinde lebend, allen seinen Mitbrüdern mit seinem Beispiele voran.

Das Allerschwerste war ihm das geistliche Vorsteheramt im eigenen Hause über so viele Geistliche nebst den Laienbrüdern. Tausendmal lieber wäre er der Letzte unter Allen gewesen, als ihr Vorstand. Die Gabe entschiedener ernster Correktion fehlte ihm gänzlich. Wo gebüßt werden sollte, büßte er selber. Lieber ertrug er den herbsten bittersten Schmerz in seinem Innern, als daß er durch eine harte Rede sich das Herz erleichtert hätte. Dieses Dulden und Tragen, das so Manchem als etwas Mangelhaftes erscheinen konnte, wird der Herr, der von den Seinigen vor Allem Sanftmuth und Demuth verlangt, zum Besten der ganzen Klostergemeinde und der Einzelnen gewendet haben. — Bei diesen vielen Sorgen für Leibliches und Geistiges seiner Untergebenen und anderer Hülfesuchenden konnte von einem anhaltenden Studium und von wissenschaftlichen Arbeiten nur ausnahmsweise die Rede sein. Dazu kamen dann noch die auswärtigen Predigten, die der Abt öfters in weiter Entfernung bei kirchlichen Festlichkeiten oder am Grabe der Verstorbenen zu halten hatte.

So hielt er bei der Secundizfeier des Freundes seines Vaters, des ehemaligen Franziscaners und damaligen Pfarrers Othmar Hochwind in Bidingen während der Herbstferien 1855 die Festrede; und als sich zwei Jahre später die ehemaligen Studiengenossen des Gymnasiums in Kempten daselbst zu einer Festlichkeit versammelten, war er wieder zur großen Freude aller

Versammelten der Festredner¹). Weit öfter als solche freudige Ereignisse riefen traurige Vorkommnisse den Abt aus seinem Kloster. So das Hinscheiden des von ihm hochverehrten Pfarrers seiner Heimathgemeinde Lenzfried Xaver Wucher, der in seiner vollen Manneskraft vom Tode hingerafft wurde, und endlich der Tod seines geliebten Vaters Tobias am 8. Januar 1864.

Nach dem Tode des Bischofs Peter Richarz von Augsburg im Jahr 1856 verbreitete sich das Gerücht, der Abt von St. Bonifacius sei für den bischöflichen Stuhl in Augsburg auserwählt. Groß war die Freude und der Jubel in der ganzen Diöcese Augsburg, welcher Haneberg von Geburt aus angehörte. Allein die Sache hat sich zerschlagen, und statt seiner kam der damalige Weihbischof von Bamberg, Michael Deinlein, als Bischof nach Augsburg. — Zwei Jahre später nach dem Hinscheiden des Erzbischofes Urban von Bamberg erging an Haneberg bezüglich der Annahme dieses Erzbisthumes wirklich eine Anfrage, die er aber verneinend beantwortete. In Folge dessen kehrte der Bischof Michael von Augsburg als Erzbischof von Bamberg wieder in sein Heimathland zurück, und Haneberg blieb Abt von St. Bonifazius und Lehrer an der Universität in München.

Gemäß den Statuten des Stiftes St. Bonifacius in München haben die Conventualen desselben, sobald ihre Zahl dazu ausreicht, die Verpflichtung, auswärtige Missionen zu übernehmen. Wie die Jünger des hl. Benedictus unsern Vorfahren aus Brittanien herüber das Evangelium gebracht und bei ihnen religiöses Leben begründet haben, so sollten auch aus dem neugegründeten Kloster in München Ordensmänner in die Länder der Ungläubigen ausgesendet werden, um christliches Leben und religiöse Cultur unter ihnen zu pflanzen und zu pflegen.

Um das Jahr 1860 glaubte Abt Bonifacius, es sei jetzt die Zeit gekommen, in der er diese Missionsthätigkeit in Angriff nehmen könnte. Algier, dieses von den Franzosen eroberte Land, hatte schon seit vielen Jahren seine besondere Aufmerksamkeit auf sich gezogen. Ueber dasselbe hatte er eingehende Studien gemacht

---

[1] Mit einer Klarheit und Gründlichkeit, wie sie nur dem selbst durch classische Sprachen Gebildeten von dem Range Hanebergs möglich war, wies er damals die heutzutage so viel bestrittene Nothwendigkeit des Studiums der classischen Sprachen und der Werke der alten Classiker für Jeden nach, welcher vollständige humanistische Bildung erlangen solle und wolle. — Als er Abends auf dem Festcommerce zu erscheinen sich entschloß, wurde schon die Nachricht hievon mit Jubel begrüßt. Bald darauf erschien er selbst, auf dessen körperliche und geistige Erscheinung am Besten das Bild von der immer grünen, alle Bäume überragenden, auf dem Felsen der Gebirge fest wurzelnden, hohen Tanne seiner Heimath angewendet werden kann. Da brauste ein Hochrufen durch den Festsaal, welches kaum enden wollte und wie es lauter und jubelnder die Stadt Kempten kaum je gehört hat, noch dazu von einer Versammlung, wie der damaligen, in welcher nur Männer anwesend waren, welche auf Grund eigenen Verständnisses den Werth des Mannes zu würdigen wußten, der damals gefeiert wurde als der „Stolz des ganzen Allgäus"! — (Anm. eines Dritten.)

und die Resultate derselben in den „historisch-politischen Blättern" dem Publicum mitgetheilt[2]). An das Gottes-Werk der Bekehrung der Muhamedaner, für die er allezeit sehr eingenommen war, wollte er zuerst Hand anlegen. Gegen das Ende Januar 1861 reisete er in Begleitung des P. Hugo von München ab. In Marseille gingen sie zu Schiff. Die Fahrt war sehr stürmisch und für den Abt auch darum denkwürdig, weil er auf derselben zum ersten Male das hl. Sacrament der Taufe einem auf dem Schiffe zur Welt gekommenen Kinde spendete (das zweite Mal taufte er als Bischof in seiner heimathlichen Pfarrkirche Lenzfried auf seiner Reise nach Speyer). Nach dieser stürmischen Fahrt kamen sie glücklich in Algier an. Der Bischof Pavi von Algier war dem Plane, daselbst eine Niederlassung von Benediktinern zu gründen, sehr günstig; allein die französische Regierung stellte unannehmbare Bedingungen. Der Abt besuchte in Algier noch die Tochter seiner ehemaligen Hausfrau, der Freifrau von Stranzsky, die daselbst als Oberin eines Klosters du sacré coeur schon seit vielen Jahren mit großem Segen den Unterricht und die Erziehung einer großen Anzahl von Mädchen leitete. Hierauf fuhr er mit seinem Begleiter zu Schiff nach Constantine, von da nach Hippo (Bone), wo ein dem hl. Augustin errichtetes Denkmal ganz besonders ihr Interesse erweckte. — In Tunis erklärte sich der apostolische Vicar, Namens T. Suter aus dem Capuzinerorden, sogleich bereit, die Missionsstation Porto Farina am nordwestlichen Ufer des Golfs an den Abt abzutreten, wenn die Propaganda in Rom zu dieser Uebertragung ihre Zustimmung gebe. Daselbst verweilten sie noch zwölf Tage, besichtigten die Ruinen von Carthago und entschloßen sich dann zur Rückreise. Am 4. März bestiegen sie den Postdampfer, der sie von Tunis nach Genua führen sollte. Nach einer außerordentlich stürmischen Fahrt, auf welcher das Schiff mehrmals dem Untergange ganz nahe war, langten sie endlich am 19. März in Genua an. Im Hafen St. Maddalena, einer Insel zwischen Sardinien und Corsika, Cypern gegenüber, wurden sie von Garibaldianern überfallen, die sie schmählich insultirten. Nur durch eiligste Flucht konnten sie sich vor gröbern Mißhandlungen retten. Dasselbe Loos traf sie in Genua, das sie bald wieder verließen, um zu Schiffe nach Civita vecchia zu gelangen. Von da reisten sie auf der Eisenbahn nach Rom, wo sie auch glücklich ankamen.

In Rom fanden sie alsbald Zutritt beim heiligen Vater. Ihm theilten sie ihren Plan, in Tunis eine Missionsstation zu gründen, als ihre wichtigste Angelegenheit mit. Der hl. Vater empfing die deutschen Benedictiner äußerst huldvoll und billigte den vom Abte ihm vorgetragenen Plan vollständig. Auch erklärte er dem Abte sein Vorhaben, ihn im Interesse der orientalischen Studien nach Rom zu berufen.

---

[2]) XXXIV. Band S. 773—788 und 821—832.

Während der Charwoche wallfahreten die beiden Pilger nach Subiaco und verrichteten ihre Andacht in der berühmten Höhle des hl. Benedictus (speco sacro). Das Osterfest feierten sie in Rom, das sie nach einem Aufenthalte von 14 Tagen wieder verließen, um wieder heimwärts zu kommen. Nach einer dritthalb Monate andauernden, äußerst strapaziösen und gefahrvollen Reise kamen sie in Mitte Aprils wieder in München an, wo sie mit großem Jubel und herzlicher Freude empfangen wurden.

Die in dieser Missionsangelegenheit mit der Propaganda gepflogenen Verhandlungen zogen sich ein ganzes Jahr hinaus. Erst im April 1862 konnte P. Hugo mit zwei Laienbrüdern nach Porto Farina abreisen. Später folgte ihnen noch ein Geistlicher des Klosters. Beide hatten nur einige christliche Familien aus Malta zu pastoriren. Versuche zur Bekehrung der Araber zu machen, war ihnen vom apostolischen Vicar strengstens untersagt. Dieses Verbot war wohl begründet, denn bei dem Fanatismus der Araber stand für den Fall eines Uebertrittes ihrer Stammesgenossen Leben und Besitzthum der wenigen Christen, die nur ungerne geduldet werden, in größter Gefahr. Allein auf die Bekehrung der Araber hatte man es vom Anfang an abgesehen, und es war dies ein Lieblingsgedanke des Abtes.

Die beiden Missionäre blieben nahezu drei Jahre auf ihrem Posten und gewannen die Ueberzeugung, daß das Clima dieses Ortes für auswandernde Deutsche durchaus nicht geeignet wäre. Zudem ist es den Christen durch die Landesgesetze verboten, daselbst Grund und Boden sich zu erwerben. Auch waren sie ohne allen Schutz gegen die unablässig drohenden Angriffe der Beduinen in diesem barbarischen Lande. P. Hugo drang auf Geheiß seines Abtes tiefer in das Innere des Landes ein, um auszuforschen, ob nicht dort ein Feld für christliche Missionsthätigkeit sich öffne; allein er fand überall dieselben mißlichen Verhältnisse, dieselben unüberwindlichen Schwierigkeiten. Unter solchen Umständen verließen die Missionäre nach fast drei Jahren mit Gutheißung ihres Abtes Porto Farina wieder und kehrten mit der Aussicht auf eine in Constantinopel zu gründende Missionsstation für Deutsche wieder nach München zurück.

Das Mißlingen dieses Planes ging dem Abte sehr zu Herzen: allein er beruhigte sich in dem Bewußtsein, nur Gutes und die Verherrlichung des Herrn darin angestrebt zu haben. Indessen hatten sich neue verdrußbringende Dinge dazwischen gestellt. Kaum war der Abt von seiner Expedition nach Afrika zurückgekehrt, wurde er genöthiget, an den im Odeon abzuhaltenden Vorträgen sich zu betheiligen. Der damalige Universitätsprediger Professor Deutinger hatte diese Vorträge in Scene gesetzt und auch der Stiftspropst von Döllinger betheiligte sich daran. Haneberg sprach in diesen Vorträgen ganz Unverfängliches „über den geschichtlichen Wechselverkehr von Nordafrika mit Europa und Asien." Von seiner Expedition wurde nur Weniges eingeflochten.

Diese Odeonsvorträge wurden der Anfang von allerlei Wirren und Verdrießlichkeiten, unter denen der Abt in der Folge Vieles auszustehen hatte. Bisher hatte er sich so ganz und gar auf sein Kloster und die damit verbundene Seelsorge, auf seinen Lehrberuf und auf seine Studien beschränkt, daß er sich um gar nichts kümmerte, was in der Welt, in der nächsten Nähe und in der weitesten Ferne vorging. Zur Zeit des Krimmkrieges gestand er einem Freunde, er wisse jetzt, nachdem man schon Monate lang vom Krimmkriege und von Sebastopol rede, noch nicht einmal, ob die Franzosen in Sebastopol von den Russen, oder diese in der genannten Stadt von den Franzosen belagert würden. Der Freund, in der Politik eben so stark wie Haneberg, wußte ihm diese Frage auch nicht zu lösen. Von nun an ward er in mancherlei Unternehmungen hineingezogen, die durchaus nicht geeignet waren, ihm Trost und Freude zu bereiten.

Im August des darauffolgenden Jahres (1863) veröffentlichte der Abt Bonifacius im Vereine mit dem Stiftspropst Döllinger und Professor Alzog eine Einladung zu einer Gelehrtenversammlung in München und bot zugleich sein Stift als den geeignetsten Ort der Versammlung an. „Es sollten, wie es in der Einladung heißt, 1. durch den mündlichen Austausch der Gedanken nähere freundschaftliche Beziehungen zwischen bisher einander mehr oder weniger fernstehenden Männern angebahnt werden. Es sollten 2. entstandene Differenzen auf freundschaftliche Weise ausgeglichen und 3. die wichtigsten und dringlichsten Fragen, welche in jüngster Zeit im Schooße der Kirche oder im Gegensatze gegen außerkirchliche Richtungen und feindliche Bestrebungen gekommen sind, gründlich besprochen werden."

Die Versammlung kam wirklich zu Stande. Der Abt begrüßte die im Hause des hl. Benedictus und des hl. Bonifacius versammelten Freunde und Gäste als Verwalter dieses Hauses, und besprach sich über den Zweck des Zusammenkommens im Sinne der Einladung. Die Versammlung war mit Gebet um den heiligen Geist und mit einer vom H. Erzbischof Gregorius gefeierten Pontificalmesse begonnen worden. Dieser Andachtsübung war die Ablegung des tridentinischen Glaubensbekenntnisses von allen Theilnehmern gefolgt. Die Versammlung dauerte drei Tage. Die Differenzen, die dabei zu Tage getreten, sind bekannt. Dessenungeachtet lagen die Sachen damals noch so, daß Dr. Heinrich von Mainz zum Schlusse der letzten Sitzung ausrufen konnte: „Zur Eintracht ist man zusammengekommen, in Eintracht scheidet man von einander. Die große katholische Einheit ist das Band, das erhaben über alle Meinungsverschiedenheiten und Ansichten uns alle verknüpft; ihr gelte mein letztes Wort in der Versammlung."

Ein gastliches Mahl im Refectorium des Stiftes machte den Abschluß der Versammlung. Bei demselben wurden mehrere Toaste ausgebracht; den letzten brachte Hofrath Philipps aus Wien auf den Abt des Klosters aus, und hiemit war die Versammlung beendet. Die Tübinger bereuten es nicht, daß sie an derselben sich nicht betheiliget hatten.

Jetzt brachen von allen Seiten Stürme auf den Abt los. Er sollte die Schuld tragen, daß die Sache nicht besser ausgefallen. Ging man auch nicht so weit, ihm, dem Arglosen, schiefe Absichten zu unterschieben, so wurde ihm gerade seine Arglosigkeit zum Vorwurfe gemacht und zum Verbrechen gestempelt. Er, der nicht gewußt, ob Sebastopol von den Russen oder von den Franzosen belagert wurde, hätte sollen alle Ränke der Diplomatie durchschauen, und er, der Jedem die besten Absichten zutraute, hätte die trugvollen Pläne der Feinde kirchlicher Ordnung wittern und ihnen entgegentreten sollen.

Aus dieser peinvollen Lage rettete sich der Abt durch eine Wallfahrt nach Jerusalem, auf welcher er zugleich die Gründung einer Missionsstation für die Deutschen in Constantinopel in Aussicht nahm. Unablässig gestört durch Sorgen für Häusliches und Auswärtiges, hatte er noch vor Abschluß des Jahres 1863 seine Widerlegung des schmachvollen Buches von Renan vollendet und dem Drucke übergeben. Professor Schegg, der früher entschlossen war, die Reise in den Orient mit dem Abte zu unternehmen, hatte Gründe, dieselbe auf das nächstfolgende Jahr zu verschieben. Haneberg erwählte sich zu seinem Reisegefährten Hrn. P. Maurus Buchert aus seinem Kloster und begab sich, nachdem er zuvor noch dem Leichenbegängnisse seines Vaters beigewohnt, mit demselben auf die Reise, deren Beschreibung H. P. Maurus mir mitzutheilen die Güte hatte.

„Am 8. Februar 1864, so erzählt der Begleiter des H. Abtes, traten wir in der frühen Morgenstunde die Reise an und gelangten bis Lambach, wo wir uns zwei Tage lang bei unsern Mitbrüdern im Kloster aufhielten. Am 11. Februar kamen wir nach Wien und bestiegen dort an demselben Tage Abend 9 Uhr 35 Minuten den Bahnzug, der uns über den Semmering nach Triest bringen sollte. Wir kamen aber nur bis Laibach, wo gewaltige Schneemassen die Weiterfahrt hemmten. Einen ganzen Tag mußten wir im dortigen Franziscanerkloster zuwarten, bis die Bahn wieder fahrbar wurde. Erst am 13. trafen wir in Triest ein. Der österreichische Lloyddampfer Stadium war eben auf der Abfahrt begriffen. Nur in größter Eile konnten wir ihn noch erreichen, und die Seefahrt begann. Am 16. Abends umsegelten wir das Kap Matapan. In der folgenden Nacht hatten wir einen heftigen Sturm zu bestehen. Tags vorher waren wir in Corfu an's Land gestiegen und hatten den dortigen Bischof Spiridion Maddalena besucht. Endlich am 18. Februar sammenseins mit ihm vollkommen überzeugt hatte. Allein der König entschied sich dazumal für den Probst Peldram von St. Hedwig, der aber nur kurze Zeit der Diöcese Trier vorstand, und nach dessen Tod der von Haneberg empfohlene Weihbischof den Hirtenstab des heiligen Eleutherius erhielt.

Kaum war diese Gefahr, den Abt zu verlieren, vorübergegangen, so ward derselbe für das Erzbisthum Cöln in Aussicht genommen. Daß er eine dem Könige von Preußen genehme Persönlichkeit sei, darüber war kein Zweifel. Daß man in Cöln, wo seit 21 Jahren ein Bayer, Cardinal v. Geißel, mit solchem Ruhm und Segen den erzbischöflichen Stuhl inne gehabt, den bayerischen Professor und Abt mit Freuden aufnehmen werde, durfte man hoffen. Diese Angelegenheit, die Jahr und Tage lang herumgezogen wurde, bereitete dem Abte viele Unruhe und Leiden. Endlich hat auch sie ein Ende gefunden in der Ernennung des gegenwärtigen Erzbischofes Melchers.

Bei der im September 1865 in Bonn veranstalteten Versammlung katholischer Professoren war Haneberg nicht gegenwärtig; aber an der damals begründeten katholischen Literaturzeitung betheiligte er sich mit großem Eifer, so lange dieselbe den katholischen Character bewahrte. Eine Menge eingehender Kritiken, die gründliche Kenntnisse der orientalischen Sprachen voraussetzen, wurden von ihm mitgetheilt.

Sogleich nach dem Tode des allverehrten Bischofs Georg v. Oettl in Eichstätt am 6. Februar 1866 wurde der Abt von St. Bonifazius als dessen Nachfolger bezeichnet. Als die Conventualen erfahren hatten, daß die königliche Ernennung ihres Abtes zum Bischof von Eichstätt schon im Cabinete liege, bestürmten sie die höchsten Persönlichkeiten, die Sache wieder rückgängig zu machen. Haneberg selber fand für gut, die Majestät des Königs um die Zurücknahme dieser Ernennung zu bitten, und es wurde in Folge dessen Freiherr von Leonrod zum Bischof von Eichstätt auserkoren. Diese Eichstätter Geschichte war das Peinvollste von Allem, was je noch über den Professor und Abt gekommen, und es bedurfte der in strenger Zucht und Uebung erworbenen, unerschütterlichen Ruhe und Resignation eines Ordensmannes, um bei solchem Gehetze nicht aufgerieben zu werden. Als zeitlichen Lohn für diese Ausdauer verlieh ihm der König den Civilverdienstorden der bayerischen Krone, wodurch Haneberg in den Adelstand erhoben wurde.

Jetzt glaubte der geadelte Abt aller fernern Beunruhigung von Außen für immer überhoben und nur mehr der Sorge und dem Kummer um das eigene Haus anheim gegeben zu sein, und er war fest entschlossen, in diesem von Gott ihm übergebenen Hause zu leben und zu sterben. Es war ihm nicht unbekannt geblieben, daß ungünstige Urtheile über seine Persönlichkeit selbst bis zum Oberhaupte der Kirche gelangt seien, das ehedem ihn so ehrenvoll empfangen und den Entschluß ausgesprochen hatte, ihn nach Rom berufen und daselbst ihm eine höchst ehrenvolle Stellung anweisen zu wollen. Nachklänge von den Mißtönen, die man in der Gelehrtenversammlung vernommen, waren selbst in Rom vernehmbar geworden, und zwar weit greller, als sie in München erklungen. Andrerseits war seine Anschauung von den Intentionen der weltlichen Regierung, die damals noch nicht so kirchenfeindlich zu Tage getreten, eine andere, als die der geistlichen Regierung. Er war nemlich mit den Männern der weltlichen Regierung bisher noch nie in officiellem Verkehr gestanden, sondern meistens nur in ihren persönlichen Angelegenheiten ihr Rathgeber gewesen. Und selbst wo diese Männer in vertraulicher Unterredung auch Officielles zur Sprache brachten, wußten und wissen sie es immer in einer Weise zu begründen, die nur auf gute Absichten, die sie hatten und haben, schließen ließ. Die Menschen sind nemlich in der Regel immer weit besser, als das auf irrthümlichen Anschauungen beruhende System, dem sie huldigen. So war denn das Urtheil des Abtes über Persönlichkeiten und deren Bestrebungen und sein Verhalten denselben gegenüber vielfach verschieden von dem Urtheil und Verhalten der officiell Betheiligten den Regierungsverordnungen gegenüber. Und dieß ohne Verschulden auf der einen oder der andern Seite. Wer aber wollte ihm, dem Arglosen, es verargen, daß er nicht vor jeder Täuschung sich verwahrte. „Man hat zwar gefunden, der milde Abt von Clugny, Petrus der Ehrwürdige, habe den Gegner des hl. Bernard zu günstig beurtheilt; aber wenn er hierin gefehlt haben sollte, so möchte dieser Fehler die Ehre von Clugny nicht schmälern", schrieb Haneberg viele Jahre früher über Petrus den Ehrwürdigen. Er hat sich in der Folge zu seinem tiefen Schmerze besser auskennen gelernt und wird es immer noch gründlicher lernen; er wird aber mit Gottes Beistand aller Angriffe der Sadduzäer und Herodianer ungeachtet unbeirrt seine geraden Wege gehen, ob sie auch ins Exil oder zum Tode führen, wie er die Schmähungen von den Nachkommen Hillel's und Schamai's in Geduld hingenommen.

Selbst in dieser bewegten Zeit fand der Abt Zeit zum Studium und zur Ausarbeitung bedeutender Werke. Das wichtigste derselben ist die zweite Auflage der „religiösen Alterthümer der Bibel". Es ist dieß eine Frucht tiefgehender Studien, von hochwichtiger Bedeutung für jeden Verehrer des göttlichen Wortes. Der Verfasser spricht sich hierüber also aus: „Die Zeit und Mühe, welche dem Studium der biblischen Archäologie gewidmet wird, ist nicht an unfruchtbare Curiositäten verschwendet. Das Verständniß der Bibel ist ohne Alterthumskunde nicht möglich; dazu kommt noch, daß die Archäologie die ältere Form von Religionshandlungen zu untersuchen hat, welche in anderer Gestalt noch immer die Grundlagen des religiösen Lebens sind...

Die heilige Schrift, deren Erklärung und Rechtfertigung die nächste Aufgabe der Archäologie ist, bleibt auch in ihren alttestamentlichen Urkunden ein wichtiges Zeugniß und Mittel göttlicher Führung für alle Zeiten". Dieses vortreffliche Werk, das seiner „Geschichte der Offenbarung" würdig sich anreihet, erschien im Jahr 1869. In den zwei vorhergehenden Jahren hatte er „Beiträge zur Geschichte der Metaphysik und Politik des Aristoteles" herausgegeben.

Der Anfang des Jahres 1868 hatte das Stift des St. Bonifacius in tiefste Trauer versetzt. Am 29. Januar d. J. war der Gründer und Wohlthäter dieses Klosters, König Ludwig I. zu Nizza in Gott selig verschieden. Der Abt hielt am 11. März 1868 in der Basilika dem Andenken dieses großen Fürsten und Schutzherrn der katholischen Kirche eine Trauerrede, die im Drucke erschienen ist und von dem dankerfüllten Herzen des Abtes für seinen edeln Monarchen ein bleibendes Zeugniß ablegt.

Am 29. Juni 1868 erschien die Bulle, kraft welcher der Beginn des in der Allocution am 28. Juni 1867 verheißenen Conciliums auf das Fest der unbefleckten Jungfrau im Jahre des Heils 1869 festgesetzt wurde. Alsbald wurden die Congregationen und Commissionen errichtet, welche die auf dem Concilium zu berathenden Gegenstände bezeichnen und vorbereiten sollten. Mehrere Theologen aus Deutschland und unter diesen auch Haneberg wurden hiezu einberufen. Haneberg wurde der Commission für die Kirchen und Missionen des Orientes zugetheilt. Er konnte sich jedoch an diesen Arbeiten wenig betheiligen. Schon bald nach seiner Ankunft in Rom erkrankte er. Zu seiner Pflege ließ er den Frater Leonhard aus seinem Kloster nach Rom kommen; allein ungeachtet dieser deutschen Pflege konnte er sich nur langsam erholen. Nachdem er wieder gesund geworden, machte er sich in den herrlichen Bibliotheken Roms zu schaffen und gewann darin vortreffliche Schätze zur Verwendung für seine orientalischen Studien. Sobald seine Anwesenheit in Rom nicht mehr nothwendig war, kehrte er wieder nach München zurück, wo er am Passionssonntag den 14. März 1869 ankam.

Nach seiner Rückkehr verarbeitete der Abt einige in den Bibliotheken Roms aufgefundenen Schätze, und zwar vor Allem „die arabischen Canones des hl. Hipolytus im Codex der alexandrinischen Kirche". Zuerst gab er über diese Canones ausführlichen Bericht in einer Abhandlung für die Academie. Dann veröffentlichte er im Jahre 1870 dieselben im arabischen Texte mit einer Einleitung in lateinischer Sprache, mit einer lateinischen Uebersetzung und gelehrten Anmerkungen in derselben Sprache. Die darin niedergelegten Studien sind eben so wichtig für den Canonisten und Dogmatiker als für den Kirchenhistoriker.

In der Vorrede zu den „religiösen Alterthümern", die er

im Jahre vorher herausgegeben hatte, spricht der Abt „von höchst wichtigen und mit den Angelegenheiten der Gegenwart enge verbundenen Fragen, die zu studiren wären": Wir glauben nicht zu irren, wenn wir unter diesen Fragen auch die schon damals die ganze Welt in Bewegung setzende Infallibilitäts= frage rechnen. Man sollte glauben, dieselbe wäre dem Abte von St. Bonifacius nur sehr ferne gelegen, allein es ist dem nicht also. Und es ist eine ganz irrige Ansicht, wenn man meint, derselbe habe sich nur von einem Andern im Schlepptau mit fortreißen lassen. Haneberg stand ganz auf eigenen Füßen und war von keinem Andern beeinflußt. Seit Jahren war er so isolirt in seinem Kloster, daß man meinen könnte, er habe bei jener Begrüßung der Gelehrten in seinem Kloster, 1863 aus eigener Erfahrung gesprochen, als er „der Gefahr einer drücken= den Vereinsamung" erwähnte.

In dieser Vereinsamung sollte er jetzt Klarheit gewinnen über einen noch fraglichen Glaubenssatz, der bisher seinen Geist noch wenig oder gar nicht beschäftiget hatte. Waren seine bis= herigen Studien größtentheils von der Art gewesen, daß er sie, ohne von Jemandem Rath und Hülfe verlangen und erwarten zu können, ganz auf eigene Gefahr hin betreiben mußte; so fand er sich auch jetzt in der Verständigung über die Infallibilität fast nur auf sich selber angewiesen.

Mochte es auch für Diejenigen, die seit Jahren diesen Ge= genstand berufsmäßig zu erwägen und zu behandeln hatten, etwas Leichtes sein, sich darüber schon im vorhinein ein solches Verständniß über diese Doctrin zu verschaffen, daß sie in der Dogmatisirung derselben nur die Confirmirung der von ihnen selbst gewonnenen Anschauung erkannten; so befanden sich doch alle diejenigen, die über den fraglichen Punct nie eine Ver= ständigung gesucht, sondern denselben als etwas Indifferentes bei Seite gelegt hatten, in einer ganz andern, mitunter sehr schwierigen Lage. Diese Verständigung wäre zu jeder andern Zeit, in der man die Sache ruhig und ohne jegliches Vorurtheil sich zurecht legen konnte, für jeden wahrhaft Gläubigen unschwer gewesen; allein jetzt, wo Verfechter und Gegner des Lehrsatzes die sonderbarsten Begriffe mit der Unfehlbarkeit verbanden, und wo Alles aufgeregt sich gegenüberstand, war es in Wahrheit eine Schwierigkeit, alles Ungehörige und Exorbitante, das man in die lehramtliche Unfehlbarkeit hineingelegt hatte, davon aus= zuscheiden und den eigentlichen Kern der Frage in seiner ganzen Bedeutung und zugleich in der nothwendigen Abgrenzung und Beschränkung dem geistigen Auge darzulegen.

Wie viele Andere und wie der größere Theil der Bischöfe Deutschlands war der Abt von St. Bonifazius Anfangs gegen die Dogmatisirung des fraglichen Lehrsatzes gewesen, und die eingehendsten Studien waren nicht im Stande, ihn für die

entgegenstehende Anschauung zu gewinnen, obgleich er die für den Lehrsatz sprechenden Gründe zu würdigen wußte. Nachdem aber das Concilium die Dogmatisirung dieses Lehrsatzes fest=
gestellt hatte, „gab er seine Vernunft gefangen in den Gehorsam des Glaubens"; er verkündete und erklärte das Dogma von dem unfehlbaren Lehramte des Oberhauptes der Kirche, zur größten Freude seiner Freunde und des getreuen katholischen Volkes, zur Befestigung der im Glauben Schwankenden und zum argen Verdrusse der Widersacher, die in ihm eine Stütze für ihre Machinationen zu erlangen gehofft hatten. Die Lage des Abtes in diesem Kampfe mit sich selber bis zur endgültigen Entscheidung der Kirche und zur bestimmten Formulirung des Dogma, der sich in einen Kampf gegen die Widersacher der kirchlichen Entscheidung auswachsen mußte und vielfaches Entgegentreten gegen allerlei Ansinnen und Zumuthung gutmeinender aber indiscreter Leute nothwendig machte, war eine durchweg leidenvolle und fast aufreibende.

In dieser Zeit unerquicklicher Aufregung flüchtete sich der Abt auf ein neutrales Gebiet, in das Asyl seiner orientalischen Studien. Schon zwanzig Jahre früher hatte er eingehende Studien „über das Schul= und Lehrwesen der Muhamedaner im Mittelalter" gemacht und das Ergebniß seiner Forschungen veröffentlicht. Seine Studien „über das Christenthum in Algier" hatte ihn in ein anderes Gebiet des Volkslebens der Muslimen, in die bestehenden festen Normen für das Verhalten der An=
hänger Muhameds im Kriege, und zumal für den immer mit Zuversicht erwarteten Fall „des Sieges und der Eroberung" eingeführt. Nach einer Einleitung, welche über das muslimische Recht überhaupt die nothwendigen Aufschlüsse gibt und die eingehendsten und ausführlichsten Studien über diesen Gegenstand zur Voraussetzung hat, geht der Verfasser auf das Spezielle, auf das Kriegsrecht (Gihâd) über. Es folgen dann die zehn Kapitel des Kriegsrechtes in deutscher Uebersetzung und den Schluß macht der arabische Urtext auf fünf ganz kleingedruckten Seiten. — Es war dieß ein Gang zum Fischen, wie bei den Aposteln, nachdem ihnen der Herr erschienen.

In dem Innersten, da zeigen
Klar und rein die Pfade sich:
Glauben, Hoffen, Lieben, Schweigen.
Lass' uns diese Pfade steigen!

VIII. Der Bischof von Speyer.

Nach dem Tode des Bischofs Conrad (4. April 1871), der nur sieben Monate den bischöflichen Stuhl von Speier inne gehabt und während dieser Zeit fast fortwährend auf sein Schmerzenlager gebannt war, blieb dieser Stuhl über ein volles Jahr verwaiset. Wie ein Blitzstrahl vom heitern Himmel traf plötzlich den Abt von St. Bonifacius, der nach Erledigung der Eichstätter-Bisthums-Angelegenheit geglaubt hatte, er könne jetzt ungestört durch Zumuthungen dieser Art in seinem Kloster die noch übrigen Lebenstage dahinbringen, die Aufforderung des Staatsministers, Graf Hegnenberg Dux, das schon so lange erledigte Bisthum Speyer anzunehmen. Haneberg antwortete verneinend. Dieser verneinenden Antwort ungeachtet ward die Angelegenheit in Rom betrieben, und sehr bald brachte man in Erfahrung, der heilige Vater sei nicht abgeneigt, dem Abte von St. Bonifacius das Oberhirtenamt über die Diöcese Speyer zu übertragen. Kaum war die Kunde hievon in's Publicum gedrungen, erhoben sich Stimmen in den öffentlichen Blättern, welche mit Berufung auf das Loos der Bischöfe Mandl und Richarz die Behauptung aufstellten, es könne kein Fremder, sondern nur ein Rheinpfälzer Bischof von Speyer sein. Diese Behauptung schreckte den Abt von der Annahme des Bisthums gänzlich ab. Allein alsbald kamen vom Domcapitel in Speyer, von mehreren Decanaten und von einzelnen Pfarrern, die ehedem seine Schüler gewesen, die flehendsten Bitten an ihn, er möchte doch diesem Rufe folgen und ihr Bischof werden. Dadurch war die genannte Abweisung mehr als neutralisirt. Nachdem der Abt gesehen, daß er der Geistlichkeit durchaus nicht als persona minus grata gelte, entschloß er sich, die ganze Angelegenheit in die Hände des Oberhauptes der Kirche zu legen. Er schrieb an den hl. Vater: „Ich trage seit achtzehn Jahren die Last der Vorstandschaft über das Kloster St. Bonifacius, und ich will sie tragen bis an das Ende meines Lebens als getreuer Sohn Eurer Heiligkeit. Ich habe gar kein Verlangen nach einer Aenderung meiner Stellung. Das mir angetragene Bisthum Speyer werde ich nur unter der Bedingung annehmen, daß Eure Heiligkeit dies verlangt und mir befiehlt." Durch diese wenigen Zeilen waren alle Dünste und Nebel, die man in Rom wider den Abt aufgeregt hatte, gänzlich verscheucht. Vater Jacob erkannte seinen geliebten Sohn Joseph und trug ihm auf, die Heerde am Rhein als ihm übergeben hinzunehmen und sie als treuer Hirt zu weiden.

Von dieser väterlich freundlichen Gesinnung des Papstes gegen den Abt von St. Bonifacius hatte der Minister schon Kunde erhalten, ehe dem Abte das huldvolle Schreiben seiner Heiligkeit zugestellt wurde. Am 16. Mai 1872 erfolgte die königliche Ernennung. Darüber war in Speyer Alles voll Freude und Jubel. Am 29. Juli ward er vom Papste in dem an diesem Tage gehaltenen Consistorium präconisirt. Der 25. August, das Fest des hl. Ludwig ward zur Consecration des neuen Bischofes bestimmt. Das Domcapitel in Speyer sendete zu dieser Feierlichkeit, die in der herrlichen Basilica des hl. Bonifacius in München gehalten wurde, drei Abgeordnete, nämlich den seitherigen Capitelvicar, den liebenswürdigen Domprobst Busch, der schon vor der Ernennung des Bischofs Conrad die Insel von Speyer ausgeschlagen hatte, und die beiden Domcapitulare Hällmayer und Kohn. Wem je noch ein Zweifel geblieben wäre, ob nicht denn doch das Auftreten eines Mannes aus den Allgäuergebirgen als Bischof in der altehrwürdigen Begräbnißstadt der römischen Kaiser ein Atopon, etwas die Nationalität Verletzendes sein könnte, dem wurden alle diese und ähnliche Bedenken gründlich vernichtet. Auf den Gesichtern dieser Männer vom Rhein strahlte eine solche Freude und ein so frohes Wesen, daß es Vermessenheit gewesen wäre, hier an eine Verstellung zu denken. Den Augenschein bestätigten die Worte, die man von ihnen vernahm, vollkommen. Man sah es ihnen an, und man hörte es aus ihrem eigenen Munde, daß sie stolz darauf waren, den Mann, den seit mehr als dreißig Jahren ganz München als eine seiner Hauptzierden angesehen und verehrt hatte, als ihren Bischof den Münchnern zu entreißen und nach Speyer zu führen.

Die Consecrationsfeierlichkeit wurde eingeleitet durch eine Predigt des P. Theol. Dr. Pius Gams, der seit sechzehn Jahren mit hellem Auge und tieffühlendem Herzen Zeuge der aufopfernden, aufreibenden Thätigkeit und der bittersten Leiden seines Abtes gewesen und den Verlust des Stiftes durch die Entfernung des Abtes wie nicht leicht ein Anderer zu würdigen wußte. Darüber hat er sich in einer Weise ausgesprochen, die Alle zu Thränen rührte, und er war dabei selber so ergriffen, daß er von dem allgemeinen Schluchzen mithingerissen wurde. Die Consecration wurde vom Erzbischof Gregorius vorgenommen; die Bischöfe von Augsburg und Eichstätt assistirten. Die Aebte von St. Peter in Salzburg, von St. Stephan in Augsburg und von Metten waren erschienen. Der Abt von Scheyern konnte wegen Krankheit nicht erscheinen und war durch seinen Prior vertreten. Die prachtvolle Basilica war angefüllt von Gläubigen wie noch nie seit ihrer Einweihung. Mit Ausnahme der Abgeordneten von Speyer, die ihre Freude über den Erwerb dieses Bischofes nicht verbergen konnten, war die Stimmung der Anwesenden eine durch Trauer gedrückte.

Bei dem festlichen Mahle, das in dem herrlichen Speisesaale des Klosters gehalten wurde, waren außer den genannten Würdeträgern und vielen Freunden des neuen Bischofs auch einige von den höchsten Staatsbeamten gegenwärtig. Während des Mahles erschien eine größere Anzahl von Zöglingen der Nicolaus-Anstalt auf Andechs mit ihrem Lehrer unter der Thüre des Saales und sangen einige Lieder. Einer der Gäste hatte den Einfall, bei den Anwesenden für diese arme Waisen, die jetzt auf's Neue ihren Vater verlieren sollten, Almosen zu sammeln. Auch dies so wie das ganze Mahl ging ohne Störung vorüber, und die Gäste gingen im Frieden, mitunter auch schweren Herzens auseinander. Nur die Abgeordneten von Speyer ließen sich in ihrer wohlbegründeten Freude nicht stören, und es schien fast, die allenthalben wahrgenommene Trauer thue ihnen wohl, was ihnen auch kein vernünftiger Mensch verargen mochte.

Am Samstag den 31. August verließ der Bischof die Stadt München. Er vergaß nicht, die Wittwe seines innigverehrten Lehrers Schubert noch zu besuchen. Zuerst begab er sich nach Andechs, um unter seinen lieben Zöglingen noch ein Paar Tage zuzubringen. Von da reiste er nach Hohenschwangau, um sich auch noch bei der Königin-Mutter zu verabschieden. Dieselbe war dem Abte fortwährend mit großer Huld zugethan gewesen und hatte sich immer bemüht, ihn für München zu erhalten. Auch der Abt hatte allezeit die tiefste Ehrfurcht und Dankbarkeit gegen diese so große Wohlthäterin der Armen und Bedrängten bewahrt und die Anerkennung der höchsten Huld, womit dieselbe auch klösterliche Genossenschaften rühmte und unterstützte, an den Tag gelegt.

Vor seiner Reise an seinen Bestimmungsort wollte der Bischof auch noch seine geliebte Heimath „zur Tanne" und seine Mutterpfarrei Lenzfried besuchen. Daselbst wollte man ihm einen pomphaften Empfang bereiten, er aber verbat sich dies mit aller Entschiedenheit und erklärte, wenn man ihm Freude machen wolle, so möge die Pfarrgemeinde in Procession ihm entgegen gehen bis an die Grenze der Pfarrei. In Bezigau, der Nachbarpfarrei, verließ er die Bahn, begab sich in die Pfarrkirche und hielt daselbst nach einer kurzen Adoration eine Ansprache an das zahlreich versammelte Volk, das ihn dann bis an die Grenze der Pfarrei Lenzfried in Procession begleitete. Dort erwartete ihn eine fast unübersehbare Volksmenge. Alles drängte dem Bischofe zu, und der Pfarrer hatte große Mühe, auch nur einige Ordnung einzuhalten. Betend begleitete die Menge den Bischof in die Pfarrkirche. Vor derselben wurde von den Schulkindern ein Festlied gesungen. In der Kirche selbst begrüßte der Pfarrer den Bischof vor dem Altare in einer kurzen Anrede, die von demselben in einer recht herzlichen und eindringlichen Weise erwidert wurde.

Hier verweilte der Bischof vier Tage lang. Seine Wohnung nahm er im Pfarrhofe, einer Abtheilung des ehemaligen Franziscanerklosters. Am Feste des hl. Magnus, den 6. September hielt er die Festpredigt. Alles war höchst gespannt. Die Fortschrittler hatten schon seit Jahren die Lüge verbreitet, Haneberg stehe auf ihrer Seite. Als man anfing, wegen der lehramtlichen Unfehlbarkeit des Papstes Spectakel zu machen, beriefen sich die Scandalsüchtigen auf den Abt Haneberg. Nun trat der Bischof auf und erklärte der versammelten Menge: das Allerwichtigste, was die katholische Kirche durch ihre Lehre, durch ihre Gottesdienste und Gnadenmittel in den Menschen zu wirken bestimmt sei, das sei die Bekehrung und die unabläſſige Heiligung des Innern. Diejenigen, die dies zu Herzen nehmen, kennen kein wichtigeres Geſchäft, als an dieſer ununterbrochenen Reformation ihres Innern zu arbeiten, und ſie haben weder Zeit noch Luſt, im Aeußern, an den Anordnungen der Kirche zu reformiren. Die Verbeſſerungen an der Kirche überlaſſen ſie denjenigen, die dazu aufgeſtellt ſind. Es gebe aber auch Andere, die von der Verbeſſerung an ſich ſelber, von der Reformirung ihres Innern nichts wiſſen und damit nichts zu ſchaffen haben wollen. Dieſe wollen an der Kirche ändern und ihr eine ſolche Geſtalt geben, daß dieſelbe für ſie paſſe. Dies ſei ein vermeſſenes Unternehmen, und habe ſeinen Grund theils in der Eitelkeit, theils in der Unwiſſenheit. Was für Solche ein Anlaß geworden, von der Kirche ſich zu trennen (die lehramtliche Unfehlbarkeit), das ſei für diejenigen, welchen die Heiligung ihres Innern am Herzen liege, wie alle Wahrheit und Gnade in der Kirche, nur die Veranlaſſung zu neuer und größerer Freude, daß ſie der Kirche angehören*).

Alle Gutgeſinnten waren hocherfreut über dieſe Rede. Die Gegner ſtutzten über ſolche Anforderungen einer unabläßigen Reform des Innern und Heiligung des Herzens im Gebrauche der von der Kirche angebotenen Mittel. Von all' dem hatten ſie ſo wenig eine Idee, als die Schriftgelehrten und Phariſäer von der Aufforderung des Johannes am Jordan zur „Sinnesänderung." Die getreuen Anhänger der katholiſchen Kirche hatten zwar nie geglaubt, daß der Biſchof zu dieſen Fortſchrittlern zähle; allein jetzt hatten ſie es ſelbſt gehört, daß er dieſelbe Lehre vortrage, in der ſie von Jugend auf waren unterrichtet worden. Jetzt verſtummten denn auch die Widerſacher, allein Viele derſelben blieben auf ihren vorgefaßten Meinungen und bei ihren Reformverſuchen am Aeußern der Kirche Gottes, ſtatt ſich um eine Reform ihres Innern zu kümmern.

Nach dieſem kurzen Aufenthalt in der Heimath reiſte der Biſchof über Lindau nach Straßburg, um den alten ehrwürdigen Biſchof Andreas Räß zu beſuchen. Leider konnte er denſelben nicht treffen. Nun ſetzte er ſeine Reiſe fort und kam am 10. September in Speyer an.

. . . . .

In der Rheinpfalz hatte man während des Sommers Alles aufgeboten, die Verwirrung recht groß zu machen. Der Janſeniſten-Biſchof war berufen worden, die Kinder der ſogenannten Altkatholiken zu firmen, was auch wirklich in Zweibrücken,

---

*) Leider kann dieſe Predigt, die vollſtändig nachgeſchrieben vorliegt, in dieſem Lebensumriß nicht aufgenommen werden.

Kaiserslautern und Landau geschehen. Als die hiebei angestrengten Kundgebungen wenig Eindruck machten, ward eine Festlichkeit des Gustav-Adolf-Vereins veranstaltet, wozu Einladungen ohne Ende nach allen Seiten hin ausgesendet wurden, um das Volk durch Spektakel und Festlichkeiten gänzlich zu übersättigen, daß es für jede nachkommende abgestumpft würde. Aber auch diese Geschichte, die in den letzten Tagen des August aufgeführt wurde, wollte nicht verfangen.

Am 11. September zeigte das katholische Volk der Pfalz seine Begeisterung für die katholische Kirche und für seinen rechtmäßigen, vom hl. Geiste gesetzten Bischof in wahrhaft rührender Weise. Die Pfarreien der Nachbarschaft waren in Procession von ihren Pfarrkirchen ausgegangen und hatten sich vor der Stadt zu einer unübersehbaren Procession vereiniget. Die vielen Tausende, die von allen Enden der Pfalz auf der Bahn gekommen waren, schlossen sich an, und so zogen sie betend und singend dem Dome zu. Ueber 30,000 Menschen wogten durch die Straßen der Stadt und über 200 Priester zogen in feierlicher Procession zur Seminarkapelle, nahmen daselbst den Bischof in Empfang und begleiteten ihn in die Cathedrale. Hier leistete das Domcapitel und der Seelsorgeclerus dem neuen Bischof den Eid des treuen Gehorsams und der kindlichen Ehrerbietung.

Hierauf bestieg der Bischof die Kanzel der prachtvoll gezierten Domkirche. Mit größter Spannung harrte das gesammte Volk des ersten Wortes, das es aus seinem Munde vernehmen sollte. Der Bischof erklärte nach einfacher Begrüßung aller Anwesenden dem andächtigen Volke, wie viele und welch' schwere Gründe ihn abgehalten hätten, das ihm angebotene Hirtenamt über diese so wichtige Diöcese zu übernehmen, wie aber auch andrerseits eine Menge von Gründen ihm entgegengetreten, welche ihn ermuthiget und endlich bestimmt hätten, dieses für Menschenschultern unerträgliche, mit der Gnade des Herrn zu ertragende Amt zu übernehmen. Außer dem Gehorsam gegen den obersten Hirten sei es vorzüglich der Hinblick auf die ausgezeichneten Vorgänger in diesem Amte gewesen, was ihn zur Annahme bestimmt habe, und zugleich das überaus freundliche Entgegenkommen der gesammten Geistlichkeit und des gläubigen Volkes, von dem der heutige Tag die zweifellose und für alle Welt sichtbare Bestätigung biete....

Und wahrhaftig, es war dieß ein Entgegenkommen mit heiliger Begeisterung und mit innigster Freude, wie man es nur da finden kann, wo nicht ein Ereigniß, nicht eine Persönlichkeit, nicht eine der Zeit entstammende und mit der Zeit oft spurlos verschwindende Thatsache die Gemüther aufregt, sondern wo es sich um eine Idee handelt, um die sich, weil sie aus der Ewigkeit geboren, das ganze Leben der Sterblichen bewegt, die im

Innersten eines jeden gläubigen Menschenherzens schlummert und im feierlichsten Momente des aufwachenden Lebens der Seele in all' ihrer Kraft und in ihrer vollen Bedeutung zum Verständnisse gebracht wird. In der gefeierten Inthronisation ihres Bischofes erkannten sich die Katholiken der Pfalz als Erlöste des gekreuzigten Gottmenschen, als Glieder seines geistigen Leibes, als Schäflein seiner Heerde, als Berufene zur unvergänglichen himmlischen Seligkeit, als Mitbürger der Heiligen und Hausgenossen Gottes. Mit ihrem neuen, von Gott gesetzten Bischofe in kindlicher Liebe vereint, erkannten sie sich auch auf's Innigste vereint mit dem Vater aller Gläubigen, mit dem sichtbaren Oberhaupte der Kirche, und mit Demjenigen, dessen Stelle dieser vertritt.

„Aehnliches hast Du nie gesehen, schrieb mir hierüber ein gemüthlicher Altbayer, der dieser Festfeier beiwohnte. Du mochtest die Leute wallend durch die Straßen oder betend im Dome oder sich labend bei Bier und Wein in den Schenken ins Auge fassen — auf allen Gesichtern dieser vielen, man sagt über dreißigtausend Menschen sahst Du nur den Ausdruck einer ganz eigenthümlichen Befriedigung, einer noch nie von ihnen erlebten Freudigkeit. Wahrhaftig, das katholische Volk ist noch einer religiösen Begeisterung fähig. Der Allgewaltige wird noch viel zu thun haben, bis er den katholischen Geist aus der Masse des Volkes ausgetrieben und dem Widerchrist offene und ebene Wege bereitet hat. Und dieß Alles hier in der Pfalz, wo man seit Monaten, ja seit vielen Jahren aus allen Kräften und mit infernaler Wuth sich bemüht hat, das Volk gegen Thron und Altar aufzuwiegeln und beide zu zertrümmern; wo in jüngster Zeit die Emissäre der neuen Sekte allenthalben Verwirrung anzustiften und dem Volke seinen Glauben zu entreißen, mit teuflischer List und Perfidie gearbeitet hatten. Unter diesen Verhältnissen und bei solchen Erwägungen Zeuge einer so großartigen Festlichkeit und einer so edeln Begeisterung zu sein, erkannte ich als eine Gnade des Herrn, die meine Seele mit dem innigsten Danke gegen den gnädigen Gott und Lenker unserer Geschicke erfüllte und auch meine trübe Aussicht auf die Zukunft der Kirche erheiterte.... Was ich am meisten anstaunen mußte, war die Persönlichkeit des Bischofs. Ich habe öfter gelesen, daß christliche Ascese den Menschen ganz indifferent machen soll gegen Lob und Tadel der Menschen, gegen Ehrenbezeugung und Lästerung, gegen Erhebung und Verachtung; daß die bleibende Stimmung und Gesinnung eines wahren Dieners Gottes von der Art sein müsse, daß er die Verachtung von Seite der Menschen nicht bloß verachten, sondern selbst liebgewinnen könne. Allein wie diese Grundsätze sich ausnehmen, wo sie ins Leben und in die Wirklichkeit übersetzt werden, das habe ich hier zum ersten Male, wenigstens nach einer Seite hin erfahren. Ich stand dem Bischof ganz nahe am Fenster während der Ovation, welche das Volk ihm darbrachte. Ich war zu Thränen gerührt. Am Bischofe gewahrte ich nicht die leiseste Bewegung. Es schien mir, er habe nur den Oelberg und den Calvarienberg im Auge, wo sein Heiland für ihn geblutet, und wohin es auch mit ihm bald gehen sollte. „Das sind doch stählerne Männer, diese Allgäuer, dachte ich mir, um meiner Thränen mich nicht schämen zu müssen. Dann aber gewann das Gefühl der Ehrfurcht vor einem Manne, den die wogenden Wellen der Menschengunst gar nicht mehr erreichen können, die Oberhand. Welche Schule von Erhöhung und Erniedrigung muß ein Mann durchgemacht haben, wie gründlich muß er von der Eitelkeit alles Vergänglichen überzeugt und wie eingewöhnt muß er im Unwandelbaren und Ewigen sein, wenn er in solch' einem Momente eine so vollkommene Herrschaft über sich selbst an den Tag zu legen vermag!"

Am Tage nach der Inthronisation las der Bischof auf dem Muttergottesaltare im Dome die hl. Messe und übertrug nach derselben dem bisherigen Kapitelvicar und vieljährigen Generalvicar des sel. Bischofs Nicolaus, dem Dompropst Busch, das Generalvicariat, und dem frühern Official, Domcapitular und Regens Laforet, das Officialat, dadurch seine Verehrung der Weisheit dieses ausgezeichneten Bischofs kund gebend und zugleich andeutend, daß er in der Leitung des Bisthums dieselben Bahnen betrete, welche während der 27jährigen Regierung des sel. Bischofs Nicolaus waren eingehalten worden. Am dritten Tage nach der Inthronisation erließ er seinen ersten Hirtenbrief an die Gläubigen der Diöcese.

Bald nach dem Bischofe kam ein Mann in die Pfalz, der es darauf abgesehen zu haben schien, den Bischof wieder aus der Pfalz zu vertreiben. Dieser Mann hatte gerade zur Zeit der Gährung und des Kampfes, welcher alsbald durch Erleuchtung von Oben volle Ruhe und gläubige Unterwerfung folgte, das Gastrecht im Kloster des hl. Bonifazius genossen. Nun erhob er sich offen gegen den Bischof. Haus und Herz des Gastfreundes, was zu allen Zeiten nach dem Völkerrechte als Heiligthum gegolten, ward nicht geschont. Mit Niedertretung alles Rechtes und aller Sitte ergoß er sich in unnennbaren Invectiven gegen den Bischof. In Landau, Kaiserslautern und Zweibrücken hielt er sogen. altkatholischen Gottesdienst. Allein nur Einzelne ließen sich von ihm bethören und machten gemeinschaftliche Sache mit ihm und mit den Männern des Umsturzes und der Glaubenslosigkeit. Die vom Professor gegen den Bischof in Scene gesetzte Aufwiegelung fand ihren Schlußact in einer Versammlung zu Edenheim und in dem bekannten „Heerdebrief", den dieser Mann als Gegenstück zu dem Hirtenbrief des Bischofs herausgab.

Noch ehe diese Wühlereien in Scene gesetzt wurden, hatte sich der Bischof zu der am 16. September veranstalteten Ver=

sammlung der deutschen Bischöfe nach Fulda begeben, um sich mit ihnen über die Angelegenheiten der Kirche zu berathen. Am 21. Sept. kam er wieder nach Speyer zurück. Jetzt galt es vor Allem, die Nachwirkungen des Jansenisten-Spectakels und der Wühlereien des wuthschnaubenden altkatholischen Emissärs zu vereiteln. Gerade an den Orten, in welchen am meisten war gewühlt worden, wollte der Bischof seine bischöflichen Amtshandlungen zuerst vornehmen.

Am 13. October trat er seine Firmungsreise an und spendete dieß hl. Sacrament zuerst in Landau, dann in Kaiserslautern und in Zweibrücken. Es war nichts Geringes, an diesen Orten nach solcher Verlästerung und Verfehmung mit der Autorität eines Oberhirten aufzutreten; allein trotz aller Befürchtung neuer Demonstrationen und Spectakel, gewann der Bischof schon am Vortage vor der Firmung in Landau die trostvolle Ueberzeugung: Hier ist noch katholisches Volk. Am Firmungstage selber strömten die Gläubigen unter Leitung ihrer Seelsorger in wohlgeordneten Prozessionen dem Orte der Firmung zu. Diese Firmungsreise wurde für den Bischof ein Triumphzug. Die vielen ihm dargebrachten Ovationen waren nichts Gemachtes, sondern der natürliche Ausdruck der aufrichtigen Liebe und der treuen Anhänglichkeit des Pfälzervolkes an seinen Bischof. Ungeachtet dieser großartigen Bewegung kam, was zur Ehre des Gesammtvolkes der Rheinpfalz hervorgehoben werden muß, nicht die geringste Unordnung oder Störung vor. Und hiemit war der famose „Heerdebrief" des wuthentbrannten Professors am kräftigsten widerlegt.

Indessen drohte der heilsamen Wirksamkeit des Bischofes und seiner Geistlichkeit die größte Hemmung von der angestrengten Einführung confessions- und religionsloser Schulen. Diese Untergrabung aller seelsorglichen Wirksamkeit in ihrem tiefsten Fundamente mußte dem Bischof um so mehr zu Herzen gehen, je deutlicher mit jedem Tage offenbar wurde, daß gerade in seiner Diöcese diese heillosen Bestrebungen großen Anklang fanden. Der im Anfang der Fasten erscheinende Hirtenbrief ward ihm ein Anlaß, über diesen wichtigen Gegenstand seine Diöcesanen zu belehren. Dieser Hirtenbrief ist eine christliche Erziehungslehre in dem engsten Rahmen und läßt an Gründlichkeit und Vollständigkeit nichts zu wünschen übrig. Ein ergrauter Schulmann nennt ihn „ein wahres Meisterstück, eine bischöfliche Großthat, eine apostolische Arbeit". Welche thatsächliche Antwort der Magistrat in Speyer auf denselben gegeben, ist bekannt. „Es müssen ja Aergernisse sein."

Während der Fastenzeit hielt der Bischof selbst die seit Jahren im Dome eingeführten Fastenpredigten. Aus der ganzen Umgegend und auch aus dem angrenzenden Baden kamen die Zuhörer zu Tausenden, sobald man erfahren hatte, daß der

Bischof predige. Viele Geistliche, großentheils ehemalige Schüler, waren unter diesen Zuhörern. Diese erkannten in den großartigen Bildern und in den herzerschütternden Aussprüchen der Propheten, die dem predigenden Bischofe eben so zu Gebote standen, wie andern Predigern die Lehren des Heilandes und seiner Apostel, gar bald ihren ehemaligen Professor, und Vielen wurden diese Predigten eine Aufforderung zum Studium der Propheten, um die darin gewonnenen Schätze in den Vorträgen an das christliche Volk verwerthen zu können. Was aber Allen zu Herzen ging und Alle erbaute, war die kindliche Einfalt und die gottgegebene Kraft, welche aus jedem seiner Worte sprach.

Wie in der Fastenzeit so verkündete der Bischof an allen hohen Festtagen und bei besonders feierlichen Anlässen die frohe Botschaft vom Reiche Gottes.

Während der Fastenzeit sah er sich genöthiget, nach München zu reisen. Er wohnte in seinem geliebten Kloster. Der Klosterbruder, den er mit sich nach Speyer genommen hatte, und der ihn auch auf dieser Reise begleitete, erzählte, wie der Bischof an den Winterabenden gar oft vom Kloster gesprochen, aber immer in der Redeweise: „Was werden sie jetzt daheim thun? Wie wird es zu Hause gehen"? Nie sage er: Was werden sie im Kloster thun"? Indessen hatte er sich, wie man leicht sehen konnte, schon ganz in den Character des Volkes der Pfalz gefunden, wußte das viele Gute dieses Volksstammes zu würdigen und sprach seine volle Zufriedenheit aus, obwohl er sich nicht verhehlte, daß er auf einem Dornenpfade wandle.

Nach Vollendung der Osterfeier begann der Bischof seine Visitations= und Firmungsreisen. Die Zahl der Firmlinge war eine sehr große; allein demungeachtet fand der Bischof überall die Kinder gut vorbereitet und in musterhafter Ordnung zum Empfang des hl. Sacramentes ihm nahen. Er war vom Anfange an darauf bestanden, daß die vortreffliche Ordnung, die schon längst eingeführt war, bei dieser Feierlichkeit eingehalten werde. Jedesmal vor Spendung des hl. Sacramentes hielt er eine recht herzliche Ansprache an die Firmlinge und ihre Pathen, und es war auch dafür Sorge getragen, daß dieselben während der ganzen Zeit durch Gebete und Gesänge geistig beschäftigt blieben bis zum Schlusse der Feierlichkeit.

Zu diesen ordentlichen Amtshandlungen kam während dieses Sommers auch noch eine außerordentliche, die im Lager der Liberalen großes Geschrei veranlaßte und den Bischof in Anklagestand versetzte. Er berichtet darüber selbst in einem Danksagungsbriefe an die Katholiken in Baltimore, die zum Kirchenbau in Zweibrücken beigesteuert hatten, Folgendes: ... „Zu den Bedrängnissen dürfen gezählt werden, daß Bischöfe wegen einer Amtshandlung, die sie nach den Satzungen der Kirche in Uebereinstimmung mit dem Concordat und anderen Documenten der Staatsverfassung vollzogen, von dem nächsten besten Ge=

richte citirt und unter großem Aufsehen in Anklagestand versetzt werden können. Mir ist diese Ehre unter den bayerischen Bischöfen zuerst widerfahren, und zwar wegen einer Sentenz, die in meinem Namen in herkömmlicher Weise über eine Katholikin ausgesprochen wurde, welche einen von seiner Frau geschiedenen Protestanten geheirathet hatte. Ich war auf den 7. August vor Gericht citirt; einstweilen ist die Verhandlung aufgeschoben, weil ich die Competenz des Gerichtes bestritt, aber ich werde doch erscheinen müssen."[1]) Der weitere Verlauf ist bekannt.

Der Bischof hatte als Ordensmann und als Abt den großen Segen gemeinschaftlicher Geistesübungen kennen gelernt und wollte diese Wohlthat auch den Geistlichen seiner Diöcese zukommen lassen. Nun waren aber die bisherigen Leiter solcher Uebungen, die Jesuiten und Redemptoristen, aus dem Lande verjagt. Da ließ der Bischof einen Capuzinerpater nach Speyer kommen, lud seine Geistlichen zu Exercitien ein, ließ dieselben von dem Pater in zwei Abtheilungen halten, machte sie mit der ersten Abtheilung selber mit und hielt an die Priester einer jeden Abtheilung eine die Herzen gewinnende Ansprache. Während in ganz Bayern diese geistlichen Uebungen unterblieben, wurden sie in Speyer gehalten. Nach denselben eilte der Bischof zu den in Eichstätt am 10. Sept. versammelten bayerischen Bischöfen, wo der von ihm in seinem Fastenhirtenbrief behandelte Gegenstand zur Sprache gebracht wurde.

Während dieser Zeit feierte die asiatische Cholera ihren traurigen Einzug in der Hauptstadt der Rheinpfalz und wüthete daselbst wie nicht leicht in einer andern Stadt. Der Bischof besuchte alle Tage die Krankenhäuser und Spitäler, protestantische ebensowohl als katholische, brachte den Armen, denen es an Allem fehlte, Unterstützung ohne Rücksicht auf Personen, ermunterte die Leidenden und Gefährdeten zum Vertrauen auf die unendliche Barmherzigkeit des Herrn, tröstete die mit dem Tode Ringenden und war nur darauf bedacht, das leibliche und geistige Elend der von Gott Heimgesuchten zu lindern. Er selber blieb von der Krankheit verschont, der täglich ihn begleitende Sekretär wurde von ihr ergriffen, aber doch wieder gerettet.

Vor den Wahlen zum Reichstage forderte er in einem oberhirtlichen Erlasse seine Diöcesanen zur gewissenhaften Erfüllung ihrer Wählerpflicht auf. Die nächste Folge dieses Hirtenbriefes war, daß die liberalen Zeitungen den Bischof als einen Zeloten und menschenfeindlichen Ultramontanen zu schimpfen und zu lästern sich anstrengten, und daß ein sehr ehrenhafter Sykophant ihn als einen Aufwiegler des Volkes dem Gerichte denuncirte und Bestrafung solch' eines Frevels verlangte. Allein der Sykophant und seine Rotte von Zeitungsschreibern haben bisher

---

[1]) Katholische Volkszeitung in Baltimore den 18. Okt. 1873, Nr. 26.

keinen Landpfleger in Judäa gefunden, der auf diese Klagen eingegangen wäre und das Urtheil des Kreuzestodes gesprochen hätte.

Am 7. Februar 1874 hat der Bischof von Speyer eine eingehende Ermahnung und Belehrung über die Standeswahl im weitern Sinne des Wortes an seine Diöcesanen erlassen und die Seelsorger aufgefordert, über dieses so wichtige, für Zeit und Ewigkeit so erfolgreiche Geschäft die Gläubigen zu belehren. Mit dem Schlusse dieses Hirtenbriefes soll auch dieser Lebensumriß des Bischofes seinen Abschluß finden.

„Den Beruf zum Himmel, daran erinnern wir zum Schlusse nochmal, darf Niemand vergessen, wie glücklich er sich in Folge einer vernünftigen, tugendhaften und christlichen Standeswahl auch fühlen mag; denn stets leuchtet über allen irdischen Stellungen, Aemtern, Ständen, Ehren und Freuden das Wort, welches der hl. Paulus mit besonderer Beziehung auf die Ehe gesprochen hat: „Dieß nun sage ich euch, Brüder: die Zeit ist kurz, es übrigt, daß auch die, welche Frauen haben, seien, als hätten sie keine; und die da weinen, als weinten sie nicht, und die kaufen, als besäßen sie nichts; und die diese Welt genießen, als genößen sie sie nicht, denn vorüber geht die Gestalt dieser Welt„. 1. Kor. 7, 29. Alles Freudige und alles Schmerzliche, was von der Erde stammt, vergeht; „Das Wort Gottes bleibt ewig", 1. Petr. 1, 25, und durch dasselbe die gute Absicht, welche bei Unternehmungen dem Worte Gottes gedient hat zu seiner Verherrlichung in Ewigkeit.

Als ein Zeuge an der Neige
  Alter Tage steh'st du da!
Was dieß Gähren will gebären,
  Sag' uns, wenn dein Aug' es sah.

Doch du schweigest ernst und zeigest
  Betend auf das heil'ge Buch:
Und ich lese: Böse, böse
  Ist die Zeit und schwer der Fluch.

Betet, wachet, kämpft und fachet
  An des heil'gen Feuers Glut!
Ihr Erkalten löst den alten
  Drachen, löst der Hölle Wuth.

*   *   *

Hoherpriester! da so düster
  Sich der Tage Abend senkt,
So bleib' bei uns ach, und sei uns
  Stern, der durch die Nacht uns lenkt!

(Diepenbrock an Bischof Wittmann.)

Schriften des Herrn Bischofs Dr. Haneberg.

1) De significationibus in Veteri Testamento praeter literam valentibus. Monachii, 1839. (Dissertat. pro impetranda venia legendi.)

2) Wiseman, Die vornehmsten Lehren und Gebräuche der katholischen Kirche, 2. Aufl.

3) Wiseman, Zusammenhang zwischen Wissenschaft und Offenbarung, 1856.

4) Ueber die in einer Münchner Handschrift aufbehaltene arabische Psalmübersetzung des R. Saadia Gaon (Fajumi), München, 1841. (Bd. XIII. der Denkschriften der K. Acad. der Wissensch.)

5) Einleitung in das Alte Testament, Rgsb. 1845. — Versuch einer Geschichte der biblischen Offenbarung als Einleitung in's A. T. 2. Aufl. 1852. 3. Aufl., Regsb. 1863.

6) Zur Erinnerung an Joseph v. Görres, Rede, gehalten am 3. Febr. 1848, München, Lentner, 1848.

(Mitglied der Acad. der Wiss. f. 1848.)

7) Abhandlung über das Schul- und Lehrwesen der Muhamedaner im Mittelalter. München, 1850.

8) Vom innern und äußern Berufe des Benedictinerordens (Predigt), Regsbg., 1852.

9) Von der Bestimmung des Menschen und dem Danke dafür (Predigt), München, 1855.

10) Erörterung über Pseudo-Wakidi's Geschichte der Eroberung Syriens, München, 1860. (Abhdlg. b. K. Acad. der Wissensch.)

11) Ueber das Alter der s. g. Theologia Aristotelis nach dem Ichwân uç çâfâ, Sitzungsberichte, 1861, II., 260.

12) Ueber das neuplatonische Werk: Theologie des Aristoteles, 1862, I., 1.

13) Anzeige neuerer Arbeiten über punische Alterthümer 1863, I, 18.

14) Die neuplatonische Schrift von den Ursachen (liber de causis) 1863, I, 241 und 361.

15) Punische Inschriften, 1864, II, 299.

16) Zur Erkenntnißlehre des Avicena und Albertus Magnus, 1865, I, 213.

17) Ueber das Verhältniß des Ibn Gabirol zu der Encyclopädie der Ichwân uç çafâ, 1866, II, 73.

18) Beitrag zur Geschichte der Metaphysik des Aristoteles, 1867, I, 337.

19) Beitrag zur Geschichte der Politik des Aristoteles, 1868, I, 490.

20) Ueber arabische Canones des hl. Hippolytes im Codex der alexandrinischen Kirche, 1869, II, 31 — oder Canones s. Hippolyti arabice, Monachii, 1870, 115 p.

21) Das muslimische Recht des G'ihâd, d. i. des Krieges und der Eroberung, 1870, I, 351. (München, 1871, 79 p. p.)

22) Renan's Leben Jesu beleuchtet, Rgsbg. 1864, 91 s.

23) Trauerrede auf König Ludwig, 11. März 1868, München, 1868.

24) Die religiösen Alterthümer der Bibel, 2. umgearbeitete Auflage, München, 2860, 700 p. p.

25) Zeitschriften: Theologisches Archiv. — Zeitschrift für Kunde des Morgenlandes; Historisch-polit. Blätter, bes. Jahrg. 1854, über das Christenthum in Algier. Einzeln gedruckte Predigten und Grabreden.